泰生の舌に恐る恐る自らのそれを伸ばすと、するりと逃げられる。
それを追いかけるうちに大胆なキスが始まった。

華麗な恋愛革命

青野ちなつ

Illustration
香坂あきほ

B-PRINCE文庫

※本作品の内容はすべてフィクションです。
実在の人物・団体・事件などには一切関係ありません。

CONTENTS

華麗な恋愛革命

車窓から見えるアスファルトの道路は、真上から照りつける盛夏の太陽を受けてぎらぎらときつい光を放っていた。

もしかして今日は今年一番の暑さじゃないだろうか。

今は涼しいタクシーの中にいるが、そんな光景を眺めているだけで潤《じゅん》の額には汗がにじんできそうだった。

こんな炎天下に一時間も立ちっぱなしじゃ熱中症にもなるか。

小一時間前の自分の失態についそんな言い訳めいたことを考えたとき。

「ほら、もっと寄りかかってこい」

長い腕が潤の肩に伸び、ぐいっと引き寄せられる。

その腕の持ち主――榎泰生《えのきたいせい》の体に寄りかかるようにされた潤は、彼の体温とふわりとその体から立ち上ってきたオリエンタルな森の香りに頬《ほお》が熱くなった。

百九十センチを超える長身のせいかスレンダーに見える泰生だけれど、腕の下に抱き込まれたりすると小柄な潤などはすっぽり包まれてしまうほどしっかりした体格だ。肩に回された手も大きくて、長い足などは今日のような普通のタクシーでは大きく折り曲げて斜めに放り出さないといけない。

日本人としてはずば抜けた体格の持ち主である泰生だが、それもそのはず。彼は世界で活躍するトップモデルだった。ショーモデルが専門のせいか、日本ではタイセイというその名をあまり知られてはいないが、世界のファッション業界では、今やハイメゾンのコレクションショーで取り合いになるほどの有名人だ。

「どうした。まだ体がほてった感じがするか？」

恥ずかしさで俯《うつむ》いてしまった潤の首筋に、泰生が熱を測るように大きな手を押し当ててくる。

こんなすごい泰生と実は恋人として付き合いだしてまだふた月も経っていない超初期段階ではあるが、潤としては少しずつ絆《きずな》が深まっている気はする。それでも未だにこんな軽いスキンシップにさえ慣れないのだけど。

「顔色はいいけどな、まだ本調子じゃないか」

鋭い眼差しをほんの少し和らげて覗《のぞ》き込んでくる泰生の顔に、さらりと、シャギーが入った長めの黒髪がかかる。

わずかに陰影がついた顔は、さすがモデルと思わせる端整なものだ。

甘さと鋭さという両極を同居させた漆黒の瞳は、傲慢《ごうまん》なまでの力強さであらゆる人間を魅了してしまう。きりっとした眉にシャープな顎のライン、細い鼻筋に肉感的な唇など、泰生を形作る何もかもが極上品だけれど、泰生の本当の魅力は彼が放つあでやかなオーラだ。泰生が微笑《ほほえ》むだけでその場がわっと華やぐような絶大な力なのだ。

「あの、もう平気だから」

泰生に抱えられた体を起こそうと躍起《やっき》になる潤だが、それを彼は片腕で置きとどめてしまう。

「さっきまで青い顔してたくせに、何が平気だ」

「でも、本当にっ」

「――お連れさん、体調悪いんですか？」

軽い言い合いをしていた二人に、運転席のタクシードライバーが話しかけてきた。わずかにスピードを緩《ゆる》めたタクシーに、潤は気遣ってもらって申し訳ないと思ったけれど。

「ああ、吐いたりはしないから平気。軽い熱中症だから」

泰生はそうドライバーにフォローする。

そうか。タクシードライバーからしてみれば、車内を汚されるのを心配したんだ。

自分が世間知らずであるのをだいぶんわかってきた潤ではあるが、まだまだ世慣れてないと微苦笑したくなる。

「ほら、潤。いいから体から力を抜けよ」

「もう本当に平気なんですよ」

抱いた肩を軽く叩いてくる泰生に、潤は眉尻を下げずにはいられなかった。

実は、今日は泰生の撮影現場に遊びに行ったのだが、そこで軽い熱中症にかかってしまった

のだ。確かにさっきまでは頭がクラクラしていたけれど、ミネラル飲料をもらって木陰でしばらく休んでいたら治ってしまった。特に、今はクーラーの効いている車内にいるせいで、快適そのものだ。

派手な顔に似合わず心配性で世話焼きの恋人を見上げると、潤の眉間《みけん》に寄っているシワを人差し指でつついてくる。

「バーカ。こんな時こそ大義名分でいちゃつけるだろ？」

が、泰生が耳元で囁《ささや》いた小さな笑い声に潤はぽかんと口を開けた。

その顔を見て、泰生はまた笑う。

泰生はいつもこうだ。

何だか力が抜けてしまい、潤は抗《あらが》うことを止めて泰生の腕に素直に体を預けた。

肩に回された大きな手と半身に感じる温かい体温に、いつしか、潤も甘えた気になって泰生の肩に頭を擦《こす》りつけてしまっていた。

「ん？　眠くなったら寝てもいいぞ」

そんな蕩《とろ》かすような声を出したら、タクシードライバーも変に思うんじゃないかな……。

こめかみの辺りにさりげなさを装って唇を押しつけてくる泰生に、つい潤は首を竦《すく》めた。

恥ずかしさに赤くなった顔を背《そむ》けると、トンネルに入ったタクシーの車窓に自分の困った顔が映っている。

顔を隠すような長い前髪から透けて見えるのはアーモンド型の大きな目。少し低めの鼻や小さな口といった色白の顔に配置されたそれは、日本人離れした作りだ。今はきれいに映ってはいないが、瞳の色は金色に近い薄い茶色でもある。

生粋《きっすい》の日本人からはかけ離れているその顔を、昔はあまり好きになれなかった。母親が北欧系の外国人で、周囲に望まれた結婚ではなかったせいもあり、生まれてきた潤はハーフであることを理由に幼い頃から虐《しいた》げられていたからだ。

けれど今は、昔ほど自分の顔が嫌いではない。

泰生が好きだと言ってくれたから……。

それを口にされたときのことを思い出すと、しらず唇は笑みの形を描いてしまう。

そんな自分の微笑みを面映《おもは》ゆく眺めるうちに、潤の瞼《まぶた》は重くなっていく。眠くなんてないはずだったのに、車の振動と安らげる空間に、いつの間にかウトウトしていた。

昨夜も遅かったしな……。

今年、受験生である潤は夏休みの今、とてもハードな生活を送っていた。

それというのも、社会人である泰生と学生の潤はなかなか時間を合わせられない。だから、出てこいと言われたときにはいつだって泰生に会いに行けるように、それ以外のときは睡眠さえ削って勉強しているのだ。

睡眠不足も熱中症の要因のひとつだって言われたっけ。

看護師免許も持つという変わった経歴のスタイリストが潤を優しく叱りつけたことを思い出し、それを泰生にも聞かれてしまったことに失敗したなと眉をひそめる。

今日の泰生の撮影は、外でのスチール撮りだった。見学していた潤は炎天下に立ち続けたせいで、途中から目の前がクラクラ揺れ、撮影の最中だけはと何とか頑張ったけれど、終わったとたんへなへなと座り込んでしまったのだ。そんな潤のところへカメラの前から飛んできてくれた泰生だが、潤は嬉しさより申し訳なさの方が先に立ってしまった。

しかも泰生は、予定していた演劇鑑賞デートを取りやめて、潤の家まで自ら送ってくれているのだから。

「――ねぼすけ、起きろ。ここでいんだろ?」

「わっ」

揺り動かされて慌てて目を開けると、タクシーは見覚えのある門構えの前に停まっていた。

潤が頷《うなず》くと、泰生が開いたドアを顎でしゃくる。

「んじゃ、降りるぞ」

料金は支払ったあとなのか、泰生は潤を急かしてタクシーから降ろし、自分も一緒に降り立ってしまった。潤が呆然《ぼうぜん》としている間に、タクシーは走り去っていく。

「まだぼんやりしてるのは、寝起きだからか。体調が悪いわけじゃないんだろ？」

体を屈《かが》めるように覗き込まれ、潤はこくこくと頷く。というか、泰生も潤と一緒にこの場で降りてしまったことに驚いているのだ。

「ほら、行くぞ」

けれど、泰生はそんな潤の動揺など頓着《とんちゃく》しないように門の中へと歩いて行く。ここは泰生の家かと見まがうようなナチュラルぶりだ。

それは家の中に入っても変わらなかった。

「すげぇ家だな。想像以上だったわ」

暖炉のあるリビングを大きな歩幅で一周した泰生は、入り口で立ち尽くす潤に肩を竦めてみせる。

いつも自分が過ごす生活の場所に泰生が立っているのが不思議だった。

潤にとっては古めかしいばかりのリビングだったのに、泰生がいるだけで急に雰囲気ある空間に変わった気がする。まるで、さっきまで見ていたスチール撮影の現場みたいだ。サンルームの高い窓を振り仰ぐ姿さえ絵になった。

「西洋館ってヤツだな。あのステンドグラスは本物か？」

「本物だと思います。外観はほとんど建てられた当時のままらしいです」

潤が育ったこの橋本《はしもと》家は華族の流れを汲《く》む名家だ。都心から幾分離れてはいたが、土地を幾つも所有して、父は名の通った貿易会社を経営している。

この家も昭和初期に建てられたものらしく、その保存状態のよさから雑誌やテレビの撮影依頼が引きも切らないという。

「ふん。これじゃ、家の中はもちろん外でもキャッチボールなんてできやしないな」

「そんなこと、とんでもないです」

ぶるぶると震えて首を振ると、泰生は声を上げて笑う。

「ま、おまえはやらないだろうな」

ということは、泰生はやるというのか。

幼い頃の泰生はどんな感じだったんだろう。

潤は見てみたい気がした。

自分とは正反対な子供だったんだろうな……。

由緒正しいこの橋本家の長男として生まれた潤は、しかし外国の血を半分引くせいで、家の中では異分子扱いされ続けてきた。外国人である母親によく似ている容姿のため、顔を上げることさえ禁じられている節がある。薄い髪色は、月に一度黒く染めさせられているくらいだ。

小さい頃からこうしていつも押さえつけられ、蔑《さげす》まれてきた潤は、だから、自分とは正反対の自由奔放な泰生にこれほど惹《ひ》かれたのかもしれない。

泰生という人間は潤にとってはいつもキラキラ輝く太陽のように眩《まぶ》しかった。日陰で育ったような潤にとっては焼き尽くされる恐怖を覚えながらも焦がれ続けてしまう存在だ。

「でも、ずいぶん静かだな。家の人間は誰もいないのか？」

暖炉に首を突っ込んでいた泰生は、鼻の頭にほこりをつけたまま潤を振り返ってくる。

潤はこの家で初めて浮かべた気がする自分の微笑みに不思議な気持ちになりながらそっと手を伸ばし、泰生の鼻の頭のほこりを指先で払った。

「基本的に祖父母は別棟の和館のほうで生活しているんです。でも、さっき見たら車がなかったから、今は出かけているのかもしれません。あ、お手伝いの人間は呼べば来てくれますが？」

「別にお手伝いの人間に会いにきたんじゃねぇよ」

泰生は喉で笑うが、潤はぎょっとして目の前の恋人を見上げる。

「祖父母に会いに来たんですか」

「そ。いつも潤をいじめている保護者サマにこの際挨拶のひとつでもしておこうかなって」

にぃっと唇を横に引っ張るようにして笑う泰生に、潤は色んな意味で胸がドキドキした。

そんな顔をして挨拶って言ったら、逆にケンカをふっかけるような物騒さを感じるんだけど。

モデルを職業にしている泰生だから、見かけも中身も華やかだ。特に今日のように首からたくさんのシルバーアクセサリーをぶら下げたような泰生を見たら、祖父母は大仰に眉をひそめるか、卒倒するかもしれない。

紹介したくないわけではないが、それで泰生が悪く言われたりするのが潤は嫌で、今は祖父母が家にいなくてホッとした。泰生は残念がっているみたいだけれど。

「――そんなことをされたら潤はこの家にいられなくなるわよ」

突然背後から聞こえてきた涼やかな声に、潤ははっと振り返る。と、この時間いないと思っていた姉の玲香《れいか》が呆《あき》れたような顔をして開け放たれたドアの前に立っていた。

腰までの長い黒髪に、往年の美人女優を思わせる端麗な顔立ちの玲香がノースリーブのワンピースを纏《まと》っている姿は目にも涼やかだ。

最近、祖父母の許可が出てようやく本格的にモデルの仕事を始めたからか、以前より輝いているような自分の姉につい見蕩《みと》れてしまっていた潤は、我に返って慌てて泰生の傍から離れるが、それを見て泰生は面白くなさそうに片眉を上げた。

「嫌だわ。こんなところにまでマーキングしにきたの？」

大仰にため息をついてみせる玲香に、泰生は腕を組んで向き直った。

「何のことだよ」

「あら。最近、潤に対して見えるところでも見えないところでもマーキングしまくりじゃない、泰生って。前のあなたを知っている人間からしてみれば仰天ものよ」

「玲香女王さまは何でもご存知なんだな。しもべたちは元気か？」

「ふふふ、どうかしら。けれど、こんな私のテリトリーにまで入り込んでくるのはちょっと反則じゃないかしら？」

「反則も何も、潤はおれのだしな。おれのものに度々手を出してくる厄介《やっかい》な人間の顔ぐらい拝んでおこうと思ってもいいんじゃね？」

「それがマーキングだって言ってるの。自覚していないの？　しかも、そういう安易な行動が逆に潤の首を絞めるのよ。泰生はもう少し相手の身になるってことを勉強したらいいわ」

何だろう。冷房が効きすぎているのか、やけに冷え冷えする。

潤は寒さを感じる腕を擦りながら、今ひとつ内容が理解できない二人の会話に耳を澄ます。

「っち、思った以上に厄介な相手か」

「そうね。あなたがとんでもないことをしでかさない限りはしばらく大丈夫でしょうけど」

「そう言うあんたも相当厄介だよな」

目の前で微笑み合う二人がやけにお似合いな感じがして、潤の胸はずきりと音を立てた。

そういえば、姉の玲香は以前泰生が好きだと言っていた。潤と泰生との付き合いを認めてくれる発言をするからもう好きではないのかと思っていたけれど、改めて考えれば、誰かを好きだという気持ちがそう簡単に消えてしまうものだろうかと疑問を覚えてしまう。

今でも好きなんだろうか……。

泰生を前に切ない思いを抱いているのかもしれない姉を思うと申し訳ない気がするが、それでも、潤は泰生を譲れないのだ。潤にとって泰生はもうなくてはならない存在なのだから。

だから申し訳ないと思うのと同時に、身勝手だが、玲香の思いが再燃しないかと心配してしまう。美しさと知性の高さで定評のある姉は潤の自慢でもあるせいか、そんな玲香が本気で好きだと言えば、泰生も悪い気がしないと思うから。

モヤモヤと重苦しい胸の内に潤はそっとため息をつく。

「ほら、潤。さっさとおまえの部屋へ連れてけよ」

けれど、気付くと二人の会話はもう終わってしまったようだ。なぜだか玲香は呆れたように肩を竦めている。

色々と思い悩んだりしたのにあっさり二人の会話が終了したことに潤は何だか肩すかしを食らった気がする。反面、二人の間でいったい何が話されたのか、目の前で聞いていたのに理解できなかったことが少し悔しい。

「お祖母さまたちは貴子《たかこ》おばさまたちと横浜《よこはま》で夕食会らしいわ。のんびりしてもいいけど、泰生がいた痕跡《こんせき》は残さない方がいいわね」

そう告げるとさっさとリビングを出て行く。

「本当に女王さまだな、ありゃ」

「泰生？」

「ま、いいや。早くおまえの部屋に行こうぜ」

急かされて、潤はとうとう泰生を自分の部屋へと案内した。

「へぇ、広いじゃね」

ここでも泰生は傍若無人《ぼうじゃくぶじん》ぶりを発揮する。部屋中を歩いて見て回る泰生に、潤の方がおろおろするほど。自分が初めて泰生のマンションを訪れたときとは大違いだった。

どんな場所でも泰生はやっぱり泰生なんだな……。

少し感動さえ覚えた。

ドアというドアを開けて中を覗いていた泰生が感心したように潤を振り返ってくる。

「虐げられてる感じだったから、どっかの屋根裏みたいな部屋かと思ったら、バスもトイレもある部屋じゃね」

「それは、あまりこの屋敷をウロウロしないようにと言われていて」

「は？」

泰生の眉間が険しくなるから、潤はうろたえた。

「その、特に年末年始とかですけど、この家には親せきたちが大勢集まるから、おれはこの部屋に閉じこもっていた方がいいんです。バストイレは、だから必須で」

潤の返したセリフに、とたん泰生が気に食わないように唇を歪《ゆが》めた。

「何、その虐待《ぎゃくたい》まがいの行為」

「虐待ですか？　でも、別に親せきたちに会うより部屋で勉強していた方が――」

上品な身なりをしているくせに顔を合わせれば辛辣《しんらつ》な罵《のの》りしか口にしない親せきたちの集まりには、あまり自分としても出たくはない。それに、幼い頃からそんな時はずっと部屋に閉じ込められていたから、そういうものだと特に何とも思わなくなっている。

だからそれがどうして虐待になるのかと、潤が不思議そうに見上げると、泰生からは呆れたようにため息をつかれた。

「おまえがこれほど性根が真っ直ぐに育ったのは奇跡だったんだな」

「そう、でしょうか」

「純真無垢《じゅんしんむく》で、真面目で、おおむね素直だけど時たますげぇ頑固。並べてみると、おれとは正反対な性格だな」

確かに、今言われたのが泰生から見た潤の性格だというなら、泰生とは真逆かもしれない。

世慣れしていて、自由奔放で、我が道を決して譲ろうとはしない泰生。あ、でも真面目なところは泰生にもある。仕事に対してはストイックなほどだ。

共通点を見つけて少し嬉しくなる。

「しかし、何だな。この参考書しか並んでない本棚はないだろ。もっと何か読めよ」

潤がそんなことを考え込んでいる間に、泰生は本棚に並ぶ参考書の数々に顔をしかめていた。しかも、今はベッドのマットレスの下なんかを覗いている。

「何をしてるんですか？」

「ん？　おまえのエロ本の隠し場所はどこかと思って」

この際おまえの指向性も確かめてやる、なんてひとりごとを呟《つぶや》きながら枕をどかしている泰生に潤は恥ずかしさに体が燃えるようだ。

「そんないかがわしい本なんてありませんっ」

「は？　おまえ、その年齢でエロ本の一冊も持ってないって男としてやばいんじゃないか？」

「え……やばいって」

泰生がやけに深刻な顔で振り返ってくるから、潤は急に不安になる。

その手の本がないことが男として何か欠陥なのだろうか。

潤には兄弟も親しい男友だちもいなかったから、その方面にはひどく晩生《おくて》であるのは自覚している。そのせいで、以前セックスがうまくなろうとして失敗したこともあったりした。

だから、泰生が何を心配してくれているのか、潤にはまったく見当がつかないのだ。

「おまえさ、まさか今までひとりで抜いたことがないとか言わないよな？」

「は？」

「いや、でもおまえが不能じゃないのはおれが知ってるし」

「泰生？」

「んじゃ、普段何をオカズにして抜いてんの？」

「……」

「それとも、おれが普段の分も搾《しぼ》り取ってるか？　確かに、おまえって簡単にいくよな。我慢がきかないっていうか。そうか、普段ため込んでるからセックスするとあんなにエロいのか」

片笑みを浮かべてとんでもないことを言い散らす泰生に、ようやく潤は自分がからかわれていることに気付いた。

「泰生っ」

潤が眦《まなじり》をつり上げると、泰生がたまらないと噴き出した。

恥ずかしくて、悔しくて、笑い転げる泰生の前で派手に両足を踏みならしたい気持ちだ。

「泰生っ。いい加減おれで遊ぶのはやめて下さい」

泰生のシャツを摑《つか》んで軽く引っ張るくらいは潤にもできるようになった。けれど、そんな潤さえ泰生にとっては格好のオモチャでしかない。

「わっ」

シャツを摑む潤の腕を泰生は逆に引っ張り、ベッドの上に転がしてしまうのだ。シーツの海に沈み込んだ潤を、泰生は上から両手両足を使って抱き込んでくる。

密着した泰生の体からは深い森の香りがして、潤は思わず体の奥がずくりと疼《うず》いた。

泰生のつけているコロンは、ショーモデルをやっている泰生をひと目見て気に入ったという外国の調香師が作ったものだという。今ではブランドの裏定番となるほど人気の香りらしいが、日本では未発売のため、この香りを纏う日本人はあまりいないと聞く。

潤にとっては、それこそ泰生そのものの香りだ。だからこの香りをかぐと条件反射のように泰生の肌を思い出す。泰生の熱さを、猛々《たけだけ》しさを、激しさを——。

「重…いっ…ですって」

「ん～。すげぇ、可愛い。どうするよ、こんな可愛い生き物。野放しにしてていいのか？」

わざと体重を載せるように抱きしめてくる泰生に、潤はベッドに貼り付けられたままバタバタと抵抗する。

「おれは天然記念物でもレッドデータ掲載種でもありませんっ」

「いや、新種かもしれないぜ？　天然目小悪魔科エロエロ属とか」

「何かすごい嫌です、それ」

「何だよ、おれは飼う。すぐにでもペット可のマンションに引っ越してやる。だから、一緒に住もうぜ？」

泰生の声が急に甘さを増した。まるで潤の機嫌を取るように。

「な？　潤」

上から抱きしめたまま、顔だけをベッドに落とした泰生が額を潤のそれに押しつけてくる。

「泰生？」

覗き込んでくる漆黒の瞳は、からかい半分、けれどもう半分は真剣な色を浮かべていた。

一緒に住もうぜ――。

さっきの泰生の言葉はもしかして冗談めいた本気の誘いだったのか。

そう思うと急にドキドキした。

実は、この家を出るという話はそれほど夢物語ではないのだ。

以前から姉の玲香が潤の一人暮らしを提案していた。この家に潤がいることで小さな波風が絶えないことを鑑《かんが》み、都内にある父が所有するマンションで暮らしたらどうかと言われていたのだ。まだ玲香にその返事はしていないが、自分としてもできるなら提案通り話を進めたいと思っている。

だから、泰生と一緒に住むとまではいかないけれど、今よりずっと泰生と会える環境になるだろう。

「嘘だよ、嘘。んな、まともに考え込むな。ちゃんとおまえが自由になれるまでおれは待ってやる。ただ、ここに潤を置いときたくないって思っただけだ」

急に黙り込んだ潤に泰生は苦笑して、ぐしゃぐしゃと髪をかき交ぜてきた。軽快な素振りで体を起こすと、自分が乱した潤の髪を逆にきれいに整えていく。

「あのっ」

潤は一人暮らしをするかもしれないことを言おうかと思ったけれど、まだ決まってもいないことで泰生を煩《わずら》わせることもないだろうと口を閉じる。が、そんな潤に泰生は眉をひそめた。

「んだよ、途中で言葉を切るな」

「……いえ。おれも、本当にペットだったら泰生に飼ってもらいたいなって」

問いつめられて、潤は嬉しかったもう片方のことを告白してみた。

本当に自分が小さな猫とかだったら、ずっと泰生の傍にいて、可愛がってもらうのに。

「うぁ……」

が、泰生は急に胸を押さえてベッドに倒れ込んでしまった。

「泰生？」

ベッドに突っ伏したままの泰生が心配になって潤も体を起こして近付くと、顔だけを横に向けて潤を睨《にら》んでくる。

「おまえ、相変わらずマジで恥ずかしいことを言うな」

それが胸に直に来る、と言葉を続けた。

よく見ると、泰生の目元はわずかに赤く染まっている。

そんなに恥ずかしいことを言っただろうかと自分の発言を反芻《はんすう》していた潤だが、その間に泰生は復活していた。

「潤、キスしろよ」

ごろんとベッドに仰向けになった泰生が、外国人のように人差し指をくいくいっと動かして潤を呼ぶ。柔らかくほころぶ眼差しはいたずらっぽい光も浮かべていて、潤を甘く誘ってくる。

「んだよ。潤はおれとキスしたくないっていうのか？」

「そんなことっ……ない」

泰生の言葉を勢いよく否定した潤に、目の前のいじめっ子はその本領を発揮するのだ。

「んじゃ、おまえからキスしろよ」

泰生がゆっくり瞼を落とす。まるでキスを待つ眠り姫のように。

いや、泰生はどう見たって王子だ。となると、やはり姫の役割は自分か？

潤は焦ってついそんな変なことを考えたりした。

けれど、そうして時間を稼いでも泰生が絶対許してくれないのは経験から知っている。

ここはもう諦《あきら》めるべきだ。

ベッドを軋《きし》ませて泰生の頭の方へと移動した潤は、大きく騒ぐ心臓の辺りを押さえてそっと顔を落とした。唇の先が泰生のそれに触れた瞬間、胸が切なく震えた。慌てて顔を上げようとすると、泰生がそれを止めるように潤の腕を掴む。

キスには色んな種類があることを泰生から教えられた。今のように唇の先を触れ合わせるのもキスと言うけれど、泰生の望むキスはそれではなかったようだ。

尻込みしたくなる気持ちを奮い起こして、潤は泰生の唇に自分の唇をもう一度触れ合わせる。今度は少し強く。肉感的な泰生の下唇をそっと自らの唇でついばむように吸うと、泰生の頬が緩むのがわかった。

泰生とのセックスはほとんど受け身である潤。しかも、経験値もないに等しい。だから、これが正しい行為なのか、泰生が望むキスなのか、泰生を気持ちよくさせられているのか。とても不安で、緊張していた。

まるで試験官の前で難しい実験を執り行っているような気分だ。

「っん……」

ぺろりと、舌で泰生の唇を味わってみる。

甘い――気がした。

食べてみようか。

ちらりと泰生を見て、唇にゆるく歯を立てた。泰生がわずかに体をこわばらせたから、今度はもっとゆるく噛んでみる。やわやわと咀嚼《そしゃく》するように噛んで、そっと吸い上げてみた。

「っ…んぅ」

無意識に、小さく潤の喉が鳴る。

潤のその声に反応するように、背中に泰生の手が回った。泰生の肩先辺りに斜めに座っていた潤を、その手が強引に自らの体の上へと引っ張り上げる。

「わ……」

「――続き」

傲岸《ごうがん》に泰生がそう促してきて、潤は体重を載せすぎないようにと泰生の顔の横に両手をついてキスの続行を試みた。

真正面にキスをしようとすると、鼻が邪魔になる。キスするときに泰生が斜めに顔を傾けるわけがようやくわかった。斜めに首を傾けると深いキスができるのだ。

「っ……」

唇を触れ合わせて、記憶を辿《たど》って舌を泰生の唇の中へと滑り込ませる。

人の体温はこんなにも熱くなるんだ、と潤は改めて驚く。

先ほど、タクシーの中では心地よかった泰生の熱が、今は潤の中に欲情の炎を点《とも》していくほど上昇していた。

泰生の舌に恐る恐る自らのそれを伸ばすと、するりと逃げられる。それを追いかけるうちに大胆なキスが始まった。知らないうちにいやらしい水音が部屋を満たしていることにも気付かず、潤は泰生とのキスに夢中になる。

「っん、ぅ……っふ」

途中で泰生が潤の舌を押し返してきたと思ったら、今度は逆に襲いかかってきた。

その激しさにとっさに身を引こうとしたけれど、泰生がそれを許さないように後頭部に手を回してくる。もう片方の手は引っ張り出したシャツの裾から背中にと侵入していた。

「う…っ…ん、んっ」

わずかに汗ばんだ背を撫《な》で上げていく大きな手に、潤の体は敏感に反応する。

体を支える両手が力をなくし、ついた両膝がおかしなぐらいに震えてしまう。がくりと、泰生の体の上に落ちかける自分の体を潤は必死で持ちこたえようとした。

「ほら潤、しっかり体支えとけ。でないと、触ってやれねぇぞ」

けれど言葉とは裏腹に、泰生はそんな震える潤の膝の間に足を差し入れてくる。その腿《もも》で、ぐっと下から股間を押し上げ、強弱をつけて擦り上げてくるのだ。

「ぁ、っぁ、あ——っ…ん」

とうとう潤はキスもできなくなってビクビクと悶《もだ》えるばかり。そんな潤に泰生は喉で笑うが、容赦はしてくれない。背中から差し入れた手でシャツをめくり上げられ、覗いた胸の尖《とが》りに舌を伸ばしてくる。

「ゃうっ」

体をずり下げた泰生が潤の両脇を逃げないように摑まえ、存分に嬲《なぶ》ってきたからたまらなかった。

「っ…ぁ、んぁっ…だめ…だ……っめ」

舌先で尖りを抉《えぐ》られ、ゆるく嚙まれると、体の奥から甘い疼痛《とうつう》がしみ出すような気がしてとうとう膝がくずおれた。泰生に自ら胸を差し出しているような体勢に慌てて膝を立て直そうとするけれど、もう力は入らなかった。

「おまえ、軽いな。もう少し肉つけろよ」

逃げられない潤を悟ってか、拘束の手がようやく緩んだ。しかし、その泰生の手は潤の背中を滑り降り、腰とズボンの隙間《すきま》に忍び込んでくる。中に入り込むことはせずに、臀部《でんぶ》の上辺りをただなぞる指先に、しかし潤の快感は跳ね上がった。ぐんと頭をもたげた自分の屹立《きつりつ》が、泰生の腹に当たっていることが恥ずかしくて、潤はシーツに爪を立てる。

潤の欲情には気付いているはずなのに、泰生がズボンを脱がせてくれたのはそれからしばらく経ってからだ。脱がせられてホッとすることに潤はおかしな気持ちがしたが、それ以上に泰生がくれる快楽に紛れる。

「ん、や……ぃ」

泰生の体の上に乗ったままという恥ずかしい格好のまま、潤の股間へ大きな手が絡みついてきた。胸の尖りを慰み物のようにもてあそばれるから、逃れるように肘を立てようとするけれど、そうして隙間を作ることで泰生の舌はさらに縦横無尽《じゅうおうむじん》に潤のそこで踊るのだ。

「すげぇ、とろとろ。おれの手がびしょびしょなの自覚してんのかよ」

「い、言わないで…ゃうっ……んっ…ゃ。やっ」

泰生に揉《も》み込まれている下肢を揶揄《やゆ》されて、潤は首筋まで顔を赤く染めた。淫蕩《いんとう》な熱に苛《さいな》まれて悲鳴を上げる潤に、胸元でうなり声が上がった。

「何てぇ声出すんだよ。今すぐにでもメチャクチャにしてやりたいけど、おまえ病み上がりだからなぁ」

そんなことを言って、泰生は潤を抱えて起き上がった。潤は泰生の体の上に乗り上げるように座ることになる。体勢の恥ずかしさに潤は唇が震えた。

「なぁ、潤。おまえの手でおれのも出してくれよ」

それはお願いのはずなのに、泰生の艶《つや》めいた声で囁かれると危うい挑発にしか聞こえない。そして潤は、その挑発に乗らずにはいられないのだ。

震える手でジッパーを下ろしていくのを、泰生がひどく楽しげに見ているのを意識する。

「ぁ……」

ボクサータイプの下着を押し下げて飛び出した泰生の欲望は、すでに硬く頭をもたげていた。けれど、この猛る熱の塊をこれからどうしたらいいのか、わからなくて潤は唇を噛む。甘い期待にじわりと瞳が潤むのを感じた。

「擬似マスターベーションだよ。ほら、もっと体を寄せろ」

腰を抱き寄せられ、泰生に下肢を密着させる形にぎょっとする。もちろん、間にある互いの屹立も触れ合い、それをさらに泰生がまとめて握ってしまったから目眩《めまい》がした。

「っ…ぁ……泰…生？」

「潤も手伝えよ。手ぇ出せ」

言われておずおずと伸ばした潤の手に、泰生が唇をめくるように笑う。

「素直だよな。今から何されるかわかってないくせに」

泰生はそう言うけれど、泰生がひどいことをしないと潤は信じているからだ。もちろん、いやらしいことや潤を泣かせるようなことはよく言ったりしたりするけれど、潤を傷つけるようなことは泰生は絶対しない。

だから何でそんなことを言われるのかが不思議でじっと見つめる潤に、泰生はなぜか小さく舌打ちした。

「いつもおまえには負けた気にさせられる。むかつく」

語尾には笑いがにじんでいたけれど。

「握れよ。おれとおまえの、まとめてだぜ」

言われて、潤はぎょっと泰生と目を合わせる。それに泰生は凶悪な笑みでこたえた。

「擬似マスターベーションって言ったろ？　握らなきゃできねぇだろ」

泰生の手に誘導されて、ふたつの屹立をすり合わせるように包み込む。敏感なそこで触れ合う硬い泰生の欲望に背中に痺《しび》れが走った。

「ほら、動かせよ？」

潤の顎に噛みつくように泰生が言った。

そんな卑猥《ひわい》な動作はできない……。

潤が小さく首を振ると、泰生は楽しそうに潤の顎下の柔らかい皮ふを舌先で擽《くすぐ》ってくる。

「気絶するまで突っ込んでやりたいけど、病人にはムリできないからこんなんで許してやろうっていうおれの優しい思いやりだぜ？」

まさにいじめっ子の表情だ。楽しそうに目をキラキラと輝かせ、肉厚の唇は大きく引き上がっている。魅力的で、そして蠱惑的《こわくてき》で、潤は呼吸が乱れるほどだ。

「普段、この部屋でやっていることをやれって言ってんの。おまえのやり方を教えろよ、潤」

「ぁ…ぁっ……」

潤の目にいっぱいにあふれた涙に、泰生はくしゃりと笑って顎先に派手な音を立ててキスをした。

「わーったよ、仕方ない。ほら、おれが手伝ってやるから」

泰生の大きな手が潤の手もまとめて屹立を握り込んだとき、目縁《まぶち》にたまっていた涙がほろりとこぼれ落ちた。それに泰生が舌先を伸ばす。

「…ん。おまえの涙って、すげぇ甘く見えるのにやっぱりしょっぱいんだな」

苦笑して泰生が言った。

「ぁ、っは……は…ぅっ」

ゆっくり動かし始めた手につられるように潤の手もいつしか自発的に動き始めていた。

熱い波が押し寄せるような感覚にたゆたい、身を任せる。

「ん、っん、ぁう――…っ」

「っ…は。何、おまえ自分でやるときもそんなに腰動くのかよ」

自分でやることは以前から少なかった潤だが、最近は特に泰生とセックスするせいか、欲望を自発的に吐き出すようなことはしない。

それでも、もちろんマスターベーションにおける自分のペース、やり方というのは確かにあった。しかし、今のこれはメチャクチャだ。

潤のやり方を教えろというわりには、時に潤のペースを乱すように泰生は自らの手を強引に動かしてくる。その度に思いもよらない快感に襲われて嬌声《きょうせい》を上げてしまうのだ。

「っぁ。やっぅ」

白い喉を晒《さら》して喘《あえ》ぐ潤に、泰生がきつく肌を吸ってくる。

「今度この部屋でするときのために、今日のことを覚えておけよ？　おれのやり方を、おれの熱を、硬さを、匂いを、音を――」

「ぁ、ぁ、っ…あぁっ」

「ったく、聞こえてねぇだろ。すぐ感じやがって。回数できないから少しでも長引かせたかったけど、おまえじゃムリか」

泰生が何を言っているのか、もう理解できないほど快楽に蝕《むしば》まれていた潤だったが、目の前で――喉が渇いているように唇をぺろりと舐《な》めるしぐさを見せる泰生は、ゾクゾクするほど色っぽかった。泰生も感じているのがその眼差しから、表情から、はっきりと伝わってくる。

「ん、ん、ぁ、ダメ……ぁ、ぃ…くっ」

「仕方ねぇ。っ…ほら、いけ」

擦り上げられる感触も、淫《みだ》らに聞こえてくる水音も、触れ合う泰生の硬い欲望も、何もかもが潤を深い快楽の淵へと突き落とす材料になる。

「ぁっ、ぁ――――っ」

手の動きを早くされ、顎に噛みつかれた瞬間、手が二人分の精でしとどに濡《ぬ》れた。

「この問題はけっこう重要だぞ。これに似た応用問題は数多くあるから――」

塾でも人気の高い講師だからか、それとも受験生の夏休みという切羽《せっぱ》つまった状況のせいか、満員の教室内には私語ひとつなかった。

そういう潤も、先ほどから真面目にシャープペンを走らせている。

学生生活最後の夏休みである今は、受験生の潤にとっては将来の布石ともいうべき大学受験のための大切な追い込み期間だ。

地域でも有名な進学校に通い、学内でも十位を下らない潤ではあるが、それは潤が必死に努力しているからで、けっして頭がいいわけではない。

だから、こうして朝から晩まで塾に通い、睡眠を削るように勉強をしているけれど、それでも受験を理由に恋人である泰生との時間を削りたくはなかった。ただでさえ制限のある身だ。これ以上、障害を増やしたくはない。

そんな確固たる目的があるせいか、今のところ成績は落ちていない。どころか、生活にうまくメリハリがつくせいか、以前より少し偏差値がアップしているくらいだ。

大学生になれば少しは自由になれると思うと、あと半年という受験までの時間が、幸せへのカウントダウンにさえなる気がした。

それでも、潤には今ちょっとだけ悩みがあった。受験生らしい悩みだが、複雑な家庭事情のおかげで、それは少々厄介だといえるかもしれない。

それが表だって問題になったのは昨日のことだ。

『これは何ですか』

家での潤の存在は相変わらず紙より軽いものだった。顔を合わせなければひどいことを言われないのは助かるが、それでも時に思い出したようにきつく当たられることがある。

部屋で勉強をしていた潤が呼び出されたのは食事のあとだ。

「おまえは経済を勉強しなければいけないと私は言ったはずですよ。なのに、ここには『外国語学部・英文学科』とあります。これはどういうことですか」

祖母に突き付けられたのは模試結果だった。外部で受けたものだから祖母に見せるつもりはなかったため、志望校の欄に思いついた学部をつい記入してしまった。

そんな自分宛に来た模試結果の封書を勝手に開けられたのだ。

潤はこっそりため息をついた。

この家では潤のプライバシーなどないに等しい。十八歳にもなる潤なのに、部屋に秘密のひとつも置いておけないのだ。

こうして郵便や小包を勝手に開封されるのは日常。少し前まで、祖母の言いつけだとかで掃除に入る使用人から机やクローゼットを定期的にチェックされてさえいた。今は自分で部屋の掃除をしているからその機会は減っているが、それでもたまに物の配置が変わっていることがある。

もちろん潤はそれを咎《とが》めることもできない。

「わかっていると思いますが、経済を勉強したからといってあなたにこの家を継がせるつもりは毛頭ありませんからね。ですが、この由緒正しい橋本家に恥ずかしくない教養は身につけておいてもらわないと困ります」

「はい……」

「言っておきますが、あなたに無駄なお金は一切出しませんよ。受験に失敗するなんて論外ですが、きちんと名の通った大学でしっかり経済を勉強してもらいます。まぁ成績次第では会社の隅ぐらいには置いてあげますが」

この先も潤には祖母の手による揺るぎないレールが敷かれているみたいだった。

「いいですか、私の言うことがきけないなら即刻この家から出て行ってもらいますからね。外国語なんてあの女を思い出させるような勉強など私は一切させるつもりはありません」

最後まできつい言葉が飛んできて潤の心を縛り上げていく。

以前だったら唯々諾々《いいだくだく》と従う祖母の命に、しかし最近の潤はつい考え込んでしまうのだ。このままではいけないと思うようになってしまった。

それは泰生に出会ってからだ。

泰生が自分で切り開いた道でしっかり身を立てている姿に憧れたり、自分のやりたいことをやっている泰生がいつもキラキラ輝いていてかっこよく見えたり。泰生に連れ出されて外の世界を知り、つい我が身を振り返ったことも大きい。

祖母の言いなりになってここまで何の疑問も持たずに来たけれど、この先は自分で決めるべきではないか、と。

少し大仰になってしまった回想にため息を噛みつぶしたその時——ふと周囲が慌ただしくなって、いつの間にか授業が終わっていたことに気付いた。消されかけているホワイトボードの数式を潤は慌てて書き写す。

ようやく写し終わってシャープペンの芯を引っ込めながら、今度は噛みつぶせなかった嘆息が口からこぼれていた。

先日祖母には咎められてしまったけれど、実は語学については少し興味がある。

外部模試の志望校欄に外国語学部を記入してしまったのはそのせいだ。

以前から英語は得意科目ではあったけれど、興味を持ち始めたのは、やはり泰生と出会ってからだ。

泰生が実は日本語の他に五カ国語も話せて、しかも世界で大いに活躍していると知り、すごいなと思った。実際、泰生のことをインターネットで調べてみたら、外国語で書かれたページが多く出てきたのにも感心したが、潤はそれを全部読みたいと思ったのだ。

きっかけは本当にその程度。

けれど、時間も忘れるほど夢中になって辞書を引き、泰生のことを書いた記事を訳したあの時の楽しさは格別なものだった——今までに経験がなかったほど。

経済という分野に比べて遥《はる》かに興味がある語学の道だが、しかし、興味がある程度で本当にその道に進んでいいのか。祖母に刃向かってまで進むべきなのか。

そういう諸々のことで潤は非常に悩んでいた。

いつの間にかまた止まっていた片付けの手に、気分を変えようと首を振る。

今日はこの後、泰生とのデートなのだ。

泰生の今度の仕事は日本でのファッションイベントだ。それが迫っているらしく、最近は特に忙しそうな泰生だ。時間もあまり取れないはずなのに、こうしてまめに会ったり連絡を取り合ったりしてくれる。

長電話は嫌いなようで、電話は用件のみでさっさと切ってしまう泰生だけれど、多分、電話で話すより短い時間でも会いたいタイプなのだろう。時間を見つけては一緒に夕食を共にしたりするのだ。

それでも、今日は半日のんびりできるらしいから潤は楽しみにしていた。

「あれ、橋本。もしかして帰るんだ？」

鞄を肩に提げて立ち上がると、知り合いが声をかけてくる。

「うん。今日は用事があって」

「この前も帰ってたよな？　余裕があっていいよな。この追い込み時期に何度も講義を休むなんてさ」

同じ学校に通っているせいもあって何度か話したことがある人物だが、いつもこうしてチクリと嫌味めいたことを口にするから少し苦手としていた。

どうも、彼とは成績が拮抗《きっこう》しているらしいと親切ごかしに知人から教えられたけれど、それがどうして絡んでくる理由につながるのか、潤にはわからなかった。そんなところも目の前の人物は疎《うと》んじているらしいが。

「そんな、余裕なんてないよ」

「嫌味かよ」

潤の返事に、男はあからさまな不興顔《ふきょうがお》を作った。もう話すつもりもないらしく、潤はわずかに唇を噛んでその場を去る。

泰生と付き合うようになって以前より格段に会話をする回数は増えたし、それに感情も伴うようになった。少しはコミュニケーションスキルも上がったと思っているのに、それが泰生以外になるとうまく発揮できないのはなぜだろう。

重苦しいような胸を抱えて建物の外に出た潤だが、ブラウンのサングラス越しに見上げた空は、今日も眩しいくらいに晴れていた。

少し落ち込んでいた心も晴らすくらいの青空に、次第に潤の足取りも軽くなっていく。

携帯を取り出したタイミングで震え出した泰生からの着信を知らせる合図に、潤の唇には笑みが浮かんだ。


八月のオープンカフェは冷房の効いた屋内のテーブルばかりが埋まるはずなのに、今日のそこはなぜか外のテーブルの方が人気のようだ。

都会の森を意識してデザインされた木立が多い場所は幾分風も涼しい気がするが、それでも真夏の太陽はパラソルで遮《さえぎ》られてもなお暑い。なのに、目的のテーブルの周りは女性客で埋め尽くされていた。

「泰生」

人待ち顔だった泰生が潤の声を受けてぱっと表情を緩める。しかし、すぐに不機嫌そうなそれに取って代わった。

「遅せぇよ。いったい何時間待たせるつもりだ」

「ごめんなさい」

駅から少し歩いた場所にあったせいか、道に迷った潤はずいぶん焦った。が、泰生はそんな潤の顔を見て眉を上げる。

「あ？　何だよ、その汗。走ってきたのか？　また熱中症にかかるだろ」

ぐいっと、手の甲で潤の額に浮かんだ汗を拭ってくれた泰生は、ウェイターに手を上げた。

「特別メニューってできるか？　ソルティレモンに多めにハチミツをたらして欲しんだけど」

鋭い眼差しにほんの少し甘さを含ませてウェイターを見上げるからか、頬を紅潮させるウェイターは返事もできずにただ頷くだけだ。

「んじゃ、それひとつ。ほら、来るまでこれ飲んでろ」

自分に見蕩れて立ち尽くしてしまったウェイターなど見向きもせずに、泰生は飲んでいたグラスを差し出してくるから、潤の方こそウェイターの存在が気になってしまう。

しかし、泰生は容赦なく新たな自分の信奉者を切って捨てるのだ。

「早く作ってくんね？」

じろりと見上げられて、ウェイターは飛び上がるように厨房《ちゅうぼう》へと戻っていった。

こんなふうに自分も切り捨てられたら怖いと思うのと同時に、特別扱いされている優越感からはどうしても逃れられない。

びっしりと汗をかいたグラスを受け取ってそっと口をつけながら潤はふっと息をついた。

「おまえさ。何できっちり反対の飲み口から飲むのかね?」

苦笑するような泰生の声に顔を上げる。

「あ、ごめん…なさい」

「さっきからおまえ、『ごめんなさい』しか口にしてねぇぞ」

喉で笑う泰生は機嫌を損ねたわけではなさそうでホッとした。

「なんかさ、すげぇいけないことをしてる気分になるからさ。そんなに意識されると。反面、楽しいってのはあるけど」

意地悪そうに唇を引き上げる泰生に、潤は目元が熱くなる。

「ま、それが潤だからな」

泰生はことさらからかうことはせずに、グラスを飲み干していく潤を見つめてくる。

喉を駆け下りていく爽《さわ》やかな炭酸に、額に浮いた汗もスッと引いていく気がしたけれど、泰生の視線にはまた別の熱が生まれてきそうになった。

「暑ぃ、夏だよな。むしむしする。夏は苦手なんだよな。どうせなら、もっとからっとしたヤツがいい」

泰生が眩しい日差しを目を眇《すが》めながら見上げる。

「でも、泰生には夏が似合うと思います。キラキラしていて、わっと華やかで、まるで太陽みたいだから」

潤が言うと、わずかに目元を赤くした泰生がじろりと睨んできた。

「な…んですか？」

「おまえ、やっぱ口を開くな。『ごめんなさい』以外しゃべるな」

「えぇ〜」

「喉が渇くな。っち、全部飲んでるのかよ。おれのも注文すればよかったぜ」

傲慢に言い放った泰生は、潤が飲み干した自分のグラスを取り戻して眉をひそめている。かと思ったら、グラスに残っていた氷をガリガリとかみ砕いたりと、なぜか取り乱しているような恋人の様子に潤は首を傾《かし》げた。

じっと見つめ続けていると、泰生は強引に話を変えてくる。

「しかし、いつ見てもおまえのカバンは重そうだな。受験生も大変だな。シンロってヤツは決まってんのか？　将来は何になるつもりだよ」

しかし泰生が問いかけたのは潤がついさっきまで考えていた問題だ。タイミングがいいのか、悪いのか。

「それが、少し迷っていて……。泰生は、今の道に進もうと決めたのはいつですか？」

「さぁな。ただ、生まれたときから服が周囲にあふれていた環境だから、服飾関係にはしぜん目が向くようになった。ま、モデルで食っていこうと思ったのはそれが一番面白かったからだな。興味があったというか」

「興味がある、で今のモデルの道を決めたんですか？」

「最初はそんなもんだろ？　で、詳しく知るうちにそれにはまるんだ。ま、知って嫌になる場合もあるだろうがな」

泰生の話を受けて潤が考え込むと、目の前の恋人は楽しげに目を細める。

「悩めばいいんじゃね？　自分の道なんだから誰に言われて決めるもんでもねぇし。で、自分で決めたんだから後悔しても諦めがつく」

自分で道を切り開いて頑張っている泰生の言葉だからか、冗談めいた声音《こわね》でも重みがあった。

一連の話を聞いて、もっと悩みは深刻になったような、逆に茫洋《ぼうよう》とした中にも一筋の光が見えたような、そんな気分になった。

「泰生！」

もう一度泰生に話しかけようとしたとき、潤に代わって声をかけた人物がいた。

顔を上げた泰生が表情を変える。

「お、アツシじゃね」

潤の背後を見て親しげに声をかけた泰生に潤も振り返ると、テーブルに近付いてくる華やかな男がいた。いや、潤より一、二歳年下に見えるから少年と言うべきか。

くるりとカールした髪をきれいにセットして、きつくつり上がった目がいかにも生意気そうな少年だ。薄い唇に先端がくっと跳ね上がった鼻はどこか軽薄な印象も与えるが、泰生を見て浮かべる嬉しそうな表情は見るからに人好きするものだ。そのせいか、周りのテーブルに座る女性たちが小さく歓声を上げている。

しかも、何があったのか。周りにいる女性たちの密度が一気に増えた気がした。

「泰生。こんなところにいたんだ。暇だったら会ってって再三電話したのに、どうして会ってくれないのさ」

当然のように泰生のすぐ隣に椅子を移動して座った少年は、泰生の腕に自分のそれを絡めて甘えた声を上げる。

「おまえ、暑いんだから離れろ。ったく、相変わらず大勢のファンを引き連れてきやがって。鬱陶《うっとう》しいんだよ」

そんな少年の頭を遠ざけるように押し返す泰生だが、その顔に刻まれている表情は機嫌のいいときのものだ。

泰生自身はスキンシップが激しいけれど、自分以外の人間に対してここまで親密な態度を許しているのを潤は今まで見たことがない。嫌がった態度を取ってはいるが、泰生からそうすることを許されているこの少年は誰なのか。

潤の知らない闖入《ちんにゅう》者と泰生との関係に、心臓がかけ足を始めてしまいそうだ。

「――お待たせいたしました。ソルティレモンです」

そこに、ようやくさっき泰生が注文してくれた飲み物が届けられた。三日月のレモンが沈んだグラスを、しかし横から取り上げる手があった。

「美味《おい》しそう。これ、ちょうだい」

「あ」

潤が取るより早く、少年がグラスを取り上げ口をつけてしまったのだ。

ごくごくと白い喉を反らしてドリンクを飲む少年に、潤は呆気《あっけ》にとられる。

「おいっ。……まったく。おまえ、人のものを勝手に飲むなよ」

文句を言いながらも諦めたように頭を掻きむしった泰生が、潤を見て申し訳なさそうにため息をついた。

「悪い、すぐ新しいの注文するから」

まだ立ち尽くしたままのウェイターに新しいドリンクを頼んでいる泰生を見ていると、視線を感じた。見ると、泰生にくっついている闖入者だ。

泰生には甘えた顔を見せていたが、今潤を見る目は三角に尖っていた。はっきりとした悪意を感じて潤はつい体が引ける。

「ねぇ、泰生。誰、こいつ？」

「おまえがこいつ言うな、口が悪い。そういうのが許されるのは小学生までだぜ」

「こいつって言って何が悪いのさ。泰生にオレとの約束をキャンセルさせるような人間なんてこいつで十分だよ。大嫌いだし」

「ったく、相変わらずジコチューなんだから。こいつは潤だ、橋本潤」

「何だよ、泰生だってこいつって言うんじゃん」

「おれはいいんだよ。もういいから黙ってろ」

そう少年をいなして、ようやく泰生の眼差しが潤に戻ってきた。

「潤、このガキはアツシっていうんだ。おれのイトコの子供で、小さい頃から可愛がってやってたら、こんなふうに増長しやがって手がつけられねぇの」

「ガキじゃないって。もう一七歳なんだから。いつまでも子供扱いするのはやめろって言ってるじゃん」

何だ、親せきなんだ。

そう思ったけれど、潤自身が同年代の親せきとこういう密な付き合いはしていないから、二人の仲が良い様子に逆に不安が呼び起こされてしまう。未だ泰生の腕に絡んだままのアツシの手の存在も大きい。

「オレがガキだっていうなら、こいつなんてそれこそ小学生じゃん。しかも、すっげぇさえないヤツ。存在自体が地味っていうか。制服着てサングラスなんかかけちゃって、かっこいいと思ってんの？　逆にそのサングラスだけが浮いてんだけど」

「やめろ、アッシ」

軽くいなしてしまう泰生に機嫌を損ねたようにアッシの矛先が、ぼんやりと二人を見ていた潤へ向かってくる。

「ねぇ、泰生。こいつが泰生の新しい恋人だなんて言わないよね。こんなヤツを連れて歩いてたら泰生が恥ずかしいよ。さっさと別れた方がいいって」

「アッシ、おまえはもうしゃべるな」

「だってさ、泰生の好みからかけ離れてるじゃんか。いつから雑種犬に手を出すようになったのさ、泰生らしくないよ。業界の人間じゃないよね、こんな地味なの。どうせ、一緒にいても話なんて合わないいんじゃない？」

矢継ぎ早に繰り出される卑下する言葉に、潤は傷つく以前にあ然となる。けれど、ボディブローのように痛みは徐々に、しかし確実にやってきた。

切り裂かれた小さな傷痕からじくじくと痛みがしみ出してくる。表情を変えないでいるのが難しいような痛みに、潤は奥歯を噛みしめた。

こんなむき出しの悪意を、まったくの他人からぶつけられたのが初めてだったせいかもしれない。

そして、今さらながらにようやく目の前にいるアツシが、泰生の好みだという子猫タイプであることに気付いた。

きれいに整った顔立ちといい、生意気そうな表情といい、奔放な振るまいといい、今まで潤が漏れ聞いてきた泰生の恋人たちの姿そのままだ。

そう思うと急に焦燥《しょうそう》に駆られる気がする。

親せきといってもその関係は遠い。親密な間柄でもあるし、いつ泰生の恋人として並び立ってもおかしくはない。

けれどそんな潤の不安を泰生が一瞬にしてかき消してくれる。

「うるせぇって。おれが決めたんだよ、こいつはおれの恋人。おまえに別れろなんて言われる筋合いはねぇ。おまえ、もうどっか行けよ。これ以上かき回すな」

泰生の口調にはそれでもまだ柔らかさが残っていたけれど。

「あ、ウソウソ。今はもう言わないから。それより、オレ昨日までグアムだったんだよね。だから明日、ユースコレの打ち合わせがあるんだ。泰生が関わってるって聞いたからコレクションの出演を決めたんだからね」

「おまえ、コレクションに出るには身長が足らないんじゃないか？」

「ひどいな。言っとくけど、三つのブランドから出演依頼があったんだからね」

「はいはい、すげぇすげぇ」

むぅっとふくれたアッシの頬に泰生の手が伸びる。泰生が楽しげに笑いながらアッシの頬を触るのを見て、潤の胸がきりりと痛んだ。

可愛がっている親せきだから仕方ないのかもしれないけれど、泰生が他の人間を構っているのを見ると胸が苦しくなる。もやもやと何だか変な気持ちが浮かんでくるようだ。

何だろう。嫌だな、こんな気持ち。

泰生にとって大切な人間なのに……。

けれど複雑な思いを抱えている潤を尻目に、二人は今度関わるファッションショーの話題で活気づいていた。どうやら、泰生の次の仕事にアッシも参加するらしい。

共通の話題で盛り上がる二人に、潤はひっそり疎外感なんてものを味わってしまう。

「八束《やつか》さんの服も着たかったな。ね、あの人は誰を使うの？　泰生も着るんでしょ」

「あぁ、あいつには日頃世話になってるからこんな機会じゃないと返せねぇ」

「八束――…」

それでも覚えのある名前を聞きとがめて思わず口に乗せると、泰生は片眉を上げた。

「そうか、潤も知ってたな。八束啓祐《けいすけ》。人気のスタイリストだけど、最近はデザイナーの方で名前が売れていて、今度のショーではメインを務めるんだぜ」

「泰生とは、先輩と後輩と言ってた人ですよね？　仲が良いんですか」

以前、泰生と一緒にいるときに会った印象的な男だ。

きれいなお姉さんといった柔らかい雰囲気を持つのに、けっこうきついことを口にしていた記憶がある。

「あぁ、同じ業界だから何かと頼りにしてる部分はある。あいつには色々と知られているから頭が上がらないってのもあるけど、とりあえず人間性は確かだからな。信頼してる。言うことはきついけど、仕事はきっちりしてるし、この業界にしては珍しくまともな人間だ。まぁ、プライベートは別だけど」

泰生がここまで人を褒めるのを初めて聞いた。

それだけ八束と仲良くて信頼しているのかと、潤は少し羨《うらや》ましい気がする。

潤も、自分がいない場所で泰生にこんなふうに言われていたら嬉しいのに、と。

もっと泰生の話が聞きたいと潤が身を乗り出したとき、しかし二人の間にアツシが割り込んできた。

「八束さんと言えばさ、今度のショーで今までとは違ったラインの服を出すかもなんて噂があるんだけど、泰生は聞いてない？」

「知らねぇな」

「今まではラグジュアリーな大人の――」

アッシとの業界用語が織り交ぜられた会話は、潤には理解できない内容も多く、ただ聞くだけしかできなくなる。二人の小気味よい会話に、潤は羨ましさも感じた。

泰生に一方的にからかわれるだけのような潤との会話と違って、泰生に甘えるだけではなく、対等に仕事の話もできるアッシに羨望を覚えてならない。

トップモデルとしての地位を確立している泰生もそうだが、潤より年下であるのにもう一人前に仕事をしているアッシに、焦りを感じているのかもしれない。

そんな二人の会話に、先ほど覚えた疎外感をまた強く感じて、潤は唇を噛みしめた。

それでも、半時もしないうちにまたアッシが席を立つ。どうやら、携帯電話に催促の電話が何度もかかってきていたようだ。それを泰生に指摘されて、渋々と腰を上げたのだ。アッシの移動と共に周囲にいた女性たちがいなくなったことにも驚く。

「すげぇだろ？　アッシのファンクラブらしいぜ。あいつ、おれに憧れてモデル業界に飛び込んだくせに、最近はあの顔とキャラクターを買われてテレビにも出演してるらしいんだ。で、ファンが一気に増えてさ。あんなふうにぞろぞろついて回るんだぜ」
急に風通しがよくなった気がして、潤は汗に濡れた髪をかき上げる。
「あいつ、あれでも小さい頃は体も弱くてさ。おれのあとをちょこまかついてくるのもあって
つい可愛がってたら、性格がちょっとあれな方向に育っちまって。色々言ってたけど、悪い奴
じゃないから気を悪くするなよ」
そう言った泰生に潤は頷いたけれど、心の擦《す》り傷はなかなか治りそうにないと思った。

通っている塾でも定期的に模試が実施されているけれど、井の中の蛙《かわず》にはなりたくないと、
他塾で実施される模試も日にちが合えば受けに行くことにしている。
そんな外部模試の帰り、ふと見覚えのある風景に潤は立ち止まった。以前、泰生がスチール
撮影をしたスタジオがある場所だ。
先日、泰生とアツシが業界話で盛り上がっていた際に疎外感を覚えたのもあって、ファッシ
ョン業界のことを知るべく、潤は初めてファッション雑誌なんてものを買ってみた。
実はアツシが表紙を飾っていたという別の理由もあったのだが、何とそこに、泰生が話して

いた今度開催されるファッションショーの特集も載っていて、潤は思わずむさぼるように記事を読んだ。そこで初めて、そのショーを企画したのが泰生と八束であることを知ったのだ。若手デザイナーを中心に開催されるファッションショーは、ネットを経由して世界中に配信され、次のファッション業界を担う人材の育成を目的としているらしい。

泰生が忙しくしていたのは、ショーの運営にも関わっていたからなのだと潤は感心して記事を読んだけれど、自分は本当に何も知らなかったのだと改めて思い知らされてしまった。

『業界の人間じゃないよね。どうせ、一緒にいても話なんて合わないんじゃない？』

アッシの痛烈なひと言が未だ棘《とげ》のように胸に突き刺さっている気がして、潤は小さな痛みに目を眇める。

確かに、泰生と一緒にいても二人の間でファッション業界の話が出ることはほとんどない。それを、泰生はもの足りなく思っているのだろうか。もしかして、潤に言ってもわからないから話してくれないのか。

同じ業界人であるアッシと活発に仕事の話をしていた泰生の姿に、もっとあんなふうに自分が小気味よい反応を返せたらと強く思ってしまう。

泰生のいる世界に少しでも近付けたら――――。

ファッション雑誌を買ってみたり、こうしてスタジオを未練がましく眺めたりしてしまうのもそのせいだ。

つい立ち止まって考え込んでいた潤だが、そんな潤の隣を通り過ぎた人物が素《す》っ頓狂《とんきょう》な声を上げたからびくりとした。

「あれぇっ、君、前にタイセイと一緒にいた子だろ？」

顔を上げた潤だが、黒ぶちメガネをかけた壮年の男に見覚えはない。

「いや、可愛いな〜ってチェックしてたんだよ。今日は学校？　制服も可愛いね。タイセイと待ち合わせかな？」

「いえ」

なれなれしく話しかけてくる男に戸惑い、一歩後ずさる潤だが、男の勢いは止まらなかった。

「君さぁ、モデルの仕事をしてみない？　おれに任せてもらえば唸《うな》るほどかっこよく撮ってもらうからさ。しかも全国雑誌に自分のかっこいい姿が載るってどう？　憧れるだろ。ね、ちょっと話をしようよ」

「いいです。興味ないので」

「興味がないってウソウソ。君たちの年代だったら嬉しいはずだよ。そうだ、タイセイと一緒に撮影してもらおうか。仲が良いんだろ？　ちょっと呼び出してもらえるかな。今、日本にいたよね」

「あの……」

「君からお願いって言えば、あのタイセイも一緒に撮影に参加してくれると思うんだ。何だったらタイセイの特集を組んで、君が友だちってことで記事にしてやってもいいよ」

何を言っているんだろう、この人は。

断っているのにまったく通じていないふうに話を続ける男に、潤は困惑する。

興味がないと言っているのに、どうしてこうも畳みかけてくるのか。

「タイセイの連絡先、知ってるんだろ？　ちょっとお茶でも飲みながら話を煮つめようか。タイセイもそこに呼んでさ、三人で話をすれば――」

「おーい、子供を騙《だま》すのもいい加減にした方がいいよ？」

このままどこかへ連れて行かれそうな雰囲気に潤が青ざめたとき、やんわりと二人の間に割って入って来た声があった。

「あ！」

潤の横に並んだ背の高いその人は、一度見たら忘れられない男だった。

「八束さん？」

潤が名前を呼ぶと、良くできましたというように八束はそのきれいな顔に笑みを浮かべた。

一方で、黒ぶちメガネの男が小さく舌打ちするのを見た。

つい先日、泰生との会話で話題に上った八束啓祐その人だ。

泰生並みに背が高い八束だが、その身に纏うのは柔らかな雰囲気——後ろで無造作に結んだ色素の薄い髪もそうだが、顔立ちも中性的で、前も思ったがきれいなお姉さんといった印象が強い。色目のきれいなTシャツを重ね着して、アースカラーのパンツをはいているのも柔らかな雰囲気を強調している。

けれど決してなよなよしく見えないのは、その眼差しが凛《りん》としているせいだ。

「あんた、K社によく出入りしているフリーのルポライターだろ？　こんな子供を騙して泰生を釣るつもり？　えげつないよ、やり方が」

やんわりとした口調だが、その内容は結構きつい。

「子供を騙してって、冗談きついな、八束くんも。この子が雑誌の撮影をひとりでやるのは不安だって言うから、じゃあ撮影に慣れているタイセイを呼ぼうって話になったんだよ」

「え？」

いったい何をどうすればそういう話になるのか。

潤が驚いて男を見るけれど、目の前の男は平然と潤の目を見返して笑いかけてくる。

何か、怖い。

ざわりと鳥肌が立った潤の肩に、まるでそれに気付いたように八束の手が置かれた。驚いて八束を見上げるが、彼は男にしっかと視線を定めている。

「はいはい。そっちこそ冗談はやめた方がいいよ。この子は泰生の秘蔵っ子だからね。そんなことをしたらあんたの方が仕事がなくなるよ。全力であんたをつぶしにかかると思うな」

八束のセリフにようやく男が顔色を変えた。

「もちろん、今日のことは僕が泰生に報告しておくから。あんたの名前も含めてね」

「厳しいな、八束くんは。冗談だよ、冗談」

急に落ち着きをなくした男は、言い訳をするように何度も冗談だと口にしてその場を去っていく。

「っち、若造が。最近少し売れてるからって調子に乗りやがって」

捨てゼリフまがいの言葉を吐き捨てていった男に、八束がくすりと笑い声を上げた。

「どうして小者は最後まで潔《いさぎよ》くないんだろうね。ま、だから小者でしかないんだろうけど」

言葉のきつさに、潤は目を白黒させる。そんな潤に八束がようやく視線を向けてきた。

「久しぶり。潤くん、だっけ？　災難だったね」

「助けて頂いてありがとうございました」

平気で嘘がつけるような常識外れな男とこれ以上関わり合いにならなくてほっとした潤は心から礼を言う。

「気を付けなよ？　世界で活躍するトップモデルの泰生はこの業界では高嶺《たかね》の花だからね。それに群がろうって人間は虫のようにうようよいるんだ。中には手段を選ばない人間だっている。さっきの男みたいにね」

その言葉に、ようやく潤は自分が泰生を呼び出す餌《えさ》として使われようとしていたのだと気付いた。やけに泰生泰生と男が言っていたわけだ。気付かずに、泰生にまで迷惑をかけてしまうところだったのだ。

そう思うと、もう一度頭を下げずにはいられなくなった。

「本当にありがとうございます」

「うん。最近の若者にしては礼儀正しくていいね。うわ、最近の若者だって。こういうことを言うようになったらおれもオヤジだよなぁ」

情けないように眉尻を下げる八束に、潤は思わず笑みがこぼれる。

「――あぁ、君ってそんなふうに笑うんだ」

なぜか八束がしみじみと感じ入るような声を上げるから潤は怪訝《けげん》に首を傾げた。だが八束は、そんな潤に頓着せずに何かを納得するようにうんうん頷いている。

「なんかいいな、君。おれも虫になってしまいそうだ。ただし高嶺の花が目的じゃなくて、その陰でひっそりと咲く小さな花の方が目当てだけど」

「八束、さん？」

「ね、少し時間ある？　仕事は終わったし疲れちゃったよ。お茶に付き合ってくれないかな」

突然誘われて惑う潤に、八束は人の悪そうな笑みを浮かべた。

「何だったら泰生の秘密の話、教えてあげるよ。これでも付き合いだけは長いからね。仕事の話はもちろん泰生の貴重な学生時代の話だって、お望みとあらば何なりと」

泰生の話――？

そのひと言に心が強く引き寄せられた。

条件反射のように目を輝かせてしまった潤に、八束はさらに魅力的な言葉を吐いた。

「前回のヨーロッパコレクション、泰生のパリコレでの仕事ぶりなんて聞きたくない？」

「聞きたい……です」

「そうこなくちゃ」

頷いたとたん、八束に近くのカフェへと連れて行かれたのだった。

「っはぁ、疲れた。クライアントの希望を聞くのがスタイリストの仕事でもあるんだけど、会う度に違うことばっかり言ってくるのって困るんだよねぇ」

どうやらさっき通りがかったあのスタジオで打ち合わせをしていたらしい。

一〇歳ほども年上の八束なのにまるで同年代の友人のようにテーブルから身を乗り出して嘆

いてこられると、何だかぐんと親しみがわくから不思議だった。

スタイリスト兼デザイナーの仕事をしている八束だが、その容姿は本物のモデルよりよほどモデルめいているのではないかと思えるほどの美形だ。伏し目がちに話すその面差しは、潤でさえドキリとするほど色気がある。泰生とは違うはんなりとした中性的な色香だ。

「断れない仕事だったから引き受けたんだけど、厄介だったなぁ」

たっぷりサイズのアイスコーヒーを一気に呷《あお》っていく姿は、それでもやはり男のしぐさだった。ごくりと音を立てて動く喉骨は案外大きい。

泰生の友人というせいもあるが、不思議と気になる人だ。

しかし、八束とはまだ会って二回目にすぎない。

そもそも、どうして初対面に近いような八束に自分はついて来てしまったのか。ここに座っている自分が、潤は未だに少し不可思議だった。

見た目も雰囲気もどこか柔らかい八束は、確かに警戒心をなくさせるようなところがあるけれど、それより先日の、泰生が八束のことを信頼していると話していたのが潤の心に強く残っていたせいかもしれない。この人だったらついて行って大丈夫と思ったのか。もちろん、泰生の話を聞かせてくれるという言葉に釣られたのもある。

「うん、さっきは顔色が少し悪かったけど、もう赤みが戻ってきてるね。あの男に絡まれたのがよほど怖かったかな」

ぼんやりしていた潤を覗き込んでくる柔らかい茶色の瞳に、潤はさっきのオーダー時のやり取りをふと思い出した。

何げなく冷たい飲み物を注文しようとした潤を横からやんわりと八束が止めたのだ。潤の顔色が悪かったのを心配したからかとようやく納得がいく。もしかして、少し強引すぎるくらい潤をここに引っ張ってきたのもそのせいだったのかもしれない。

「あの、ありがとうございます」

潤が改まって礼を言うと、八束は感心したように唸った。

「本当にねぇ、泰生がどうしてこんな子を見つけたか不思議だよ。出会いはどこで？　声をかけたのはもちろん泰生だよね？」

身を乗り出して八束が聞いてきたそれにあたふたしながら答える潤だが、こうして誰かに泰生の話をすることなんて初めてで、不思議と楽しい気分になる。

恋バナで盛り上がる女性の気持ちがほんの少しわかった気がした。

「そうか。ヨーロッパでコレクションが続いている最中に泰生が何だかイライラしていたのはそのせいだったのか。日本に緊急帰国した理由がようやくわかった」

会話が滞《とどこお》りなく進むことにも潤の気持ちは次第にリラックスしていく。泰生以外にこんなにスムーズに話ができる人間は初めてだった。

潤が話す合間に、八束が泰生の仕事やプライベートでのこぼれ話を教えてくれるのだが、楽しい気分とは別に、自分が泰生のことをほとんど知らなかったことも思い知らされて、ちょっとした衝撃を受けていた。

泰生が以前少しだけ話してくれた自分の家のことにしても、母がデザイナーだというのは知っていたが、父親は大きな服飾メーカーの社長をしていることは、八束から教えられて初めて知った。そのせいで物心ついた頃から色眼鏡で見られ、モデルになる決意をした際、親の力が及ばない世界に活躍の場を求めたという話も初耳だ。

「あの傲慢で生意気な性格って、会ったときから全然変わらないんだよ。僕が泰生と会ったのは、実は彼が小学生のときなんだけどね」

密やかなショックを受けてはいたけれど、泰生の話をひとつも聞き漏らせないと、潤は八束を見つめていた。もっと泰生のことを知りたいと、いや、知らなければという強迫観念に駆られていたのかもしれない。

泰生は自分のことをあまり話してはくれない。

泰生との甘やかな時間を潤は幸せに感じていたけれど、先日のアツシとの一件があって、泰生から一方的に幸せを与えられるだけではなく、自分からも与えられる人間になりたいと思うようになっていた。

せめて泰生と対等に話ができたら、と。

それには泰生のことをまず知らなければと思った。だから八束の話してくれる泰生の話は貴重で聞き逃せなかった。

けれど潤が身を乗り出したその時、テーブルに置いてあった八束の携帯電話が鳴った。断りを入れてフリップを開いた八束が、画面を見て「まずい」と声を上げる。

「次の仕事のことを忘れてた」

ひとりごとのように呟いてふと潤を見て真顔になった八束は、少し考え込む素振りを見せる。

そしておもむろに口を開いた。

「潤くん。今から少し時間ない？」

外部模試のために空けておいた休日のため、このあとは特に予定もない。なんて、本当は泰生とデートの日だったのだ。けれど急きょ外国からやってきたという泰生の知人のせいで、土壇場でキャンセルが決まってしまった。今頃泰生はその人を連れて京都まで案内しているところだろう。

「暇ですけど」

「じゃさ、とっておきの泰生話を教える代わりに、少しだけ付き合ってくれないかな。僕の仕事の手伝いをして欲しいんだ」

「え……。でも、おれにできるんですか？」

泰生が仕事をしている業界とはいえ、潤自身はファッションのことなどほとんど知らない。自分が八束の仕事を手伝えるとはとても思えなかった。

そんな迷いを見抜いたように、八束が潤に向かって両手を合わせてくる。

「君にしかできない仕事があるんだ。潤くん、ダメかな？　ううん、後生だからダメって言わないで。ね、この通り、お願いっ」

「……あの、でも」

「潤くん、頼むよ。僕を助けると思ってさ、頷いてくれない？　ね？」

柔らかな口調なのに圧しの強い八束のセリフに、潤はとうとう引き込まれるように頷いてしまっていた。

「よし、約束だよ」

そう言うと、途中で着信が切れてしまった携帯を再び手に取って、リダイヤルしている。

「悪い、取り込んでた。でも、朗報だよ。あの新しい服、撮影に持ってきてる？　うんそう、この前急きょ作って宙に浮いてたヤツ。ホント？　よかった。それ、使うからアイロンよろしくね。うん、あ、コートは特に気を付けてやってくれる？」

話しながら八束は立ち上がった。背中を押されるように店を出た潤は、八束に連れられてタクシーに乗り込む。ようやく電話を終えた八束は興奮したように笑みを浮かべていた。

「バタバタさせてごめんね。潤くんとの話が楽しくてつい時間を忘れててさ」

そんなことを言われたのは初めてで、嬉しい以上に戸惑ってしまう。けれど、八束の表情は嘘をついているようには見えなかった。もちろん、八束がさっきの黒ぶちメガネの男のように平気で嘘をつける人間でないのはさすがの潤でもわかる。

だから自分と話していて八束が本当に楽しかったのだとわかると、胸がふんわり温かくなった。思わず笑みがこぼれ落ちてしまう。

「スタジオに着くまでの間、約束のとっておきの話をしてあげるね。さっき、泰生と出会ったのが彼が小学生のときだって言っただろ？　エスカレーター式の学校でさ、でも普段は縦の連携なんてないんだけど、その時はたまたまイベントの日にちが重なってね、当時、児童会長なんて立場にいた泰生と高等部の生徒会長をしていた僕が会うことになって――」

小学生時代の泰生が、それでもやっぱり泰生だったというエピソードは潤を腹の底から笑わせるものだった。笑いが収まらないうちに、タクシーは現場に到着したのだった。

連れて行かれたのは、スタジオらしき空間だった。少し見ていてと言われて、とりあえず邪魔にならない場所で八束の仕事風景を見学することにした。

冷房がかなり効いているから潤には少し寒すぎる空間だったが、モデルたちが着ているのはウールのジャケットやコートだからちょうどいいのだろう。

そんな秋から冬にかけての服装のモデルたちの周囲をくるくる回っていた八束は、今度は距離を置いて眺めていたかと思うと、また服をいじり始める。何をしているのかとよく見ていると、どうやらどんな装いにすると服がかっこよく見えるのか調整しているようだ。

最初はただノーマルに服を着ていたモデルが、シャツのボタンを多めにはずしたりジャケットの袖をまくり上げたりと、八束が手を加えるごとにどんどん洗練された着こなしへと変わっていく。

こういうのがスタイリストの仕事なのか……。

ファッションなど詳しくない潤でも、ほんのちょっとの差で見違えるほど変わっていくのがわかって面白かった。

八束のチェックが終わると、ようやく撮影が始まった。

けれどカメラマンの後ろに立つ八束は、カメラのシャッター音が途切れる度にモデルの元へと飛んでいく。そして、微調整を繰り返すのだ。

こまやかな仕事ぶりだなぁ……。

八束の手伝いに駆り出されたはずなのに、ただ見ているだけの自分を不可思議に思うけれど、そもそも自分に手伝いなんかできるはずがないと思うから今の状況には安堵《あんど》してもいた。

撮影が終わったのは小一時間ほどあとだ。

撤収作業に入るのかと思いきや、その時初めて八束が潤に振り返る。

「潤くん、ちょっとこっちに来て」

服を着ていたモデルたちはもうスタジオを後にしたのに、なぜかスタッフは全員残ったままだ。

「ほら、この子。あ、ちょっと前髪に触るよ」

八束の手が潤の肩にかかり、くるりとスタッフの方に向かされる。

戸惑っている潤の顔にかかる長めの前髪をさらりと横に流され、突然クリアになった視界に大勢の視線が飛び込んできて冷や汗が出てくるようだった。

異質な容姿のせいで幼い頃から目立つなと言われ続け、顔を上げることさえ禁止されているような環境を強いられてきた潤は、人の視線がひどく苦手だ。華やかすぎる泰生と一緒に歩くようになって人の目がついて回るようになったから、以前より少し慣れたとはいえ、それでも潤は今でもできるだけ人目は避けたいと思っている。

だから、一度にこんな多くの知らない人間の前に立たされて、足が震えるようだった。

「わっ、イメージそのまんまですね」

「女の子じゃないけれど、男臭いってわけでもない。しかも、雰囲気が独特でちょっといいですね。永遠の少年って感じですか。彼を使って少しアレンジを加えれば、レディスのラインもいけるんじゃないんですか？　八束さん」

「うん、そうなんだ。でも、僕としては潤くんのような男の子に着て欲しい服を作りたいんだけど。ま、とりあえず今回はお試しってことでフォトだけね。ちょっと訳ありの子だから」

潤の上で交わされる会話はまったく理解できないものだ。

「潤くん、悪いけどあっちのパーティションの裏でこれに着替えてきてくれる？」

「あの、八束さん？」

潤が不安げに見上げると、八束はそのきれいな顔に柔らかい笑顔を浮かべた。

「実はね、前回君と会ったあとにインスピレーションを受けて作った服があるんだ。それを着て撮影に参加して欲しいんだ」

「ムリ、ムリです、絶対ムリですっ」

潤は真っ青になって首を振る。

カメラの前に立つなんてとてもできない。

目立つことにコンプレックスを持っている潤だ。人前に立つことに恐怖さえ覚える。こんな自分が、モデルのまね事なんてできるわけがなかった。

「そんな大げさなことじゃないんだよ。ただ服を着て写真に撮られるだけだから」

宥《なだ》めるように言われたが、潤はそれでも首を横に振る。

しかし、八束の方が一枚上手だった。

「んー。でもさ、さっき約束したよね？　僕の仕事の手伝いをしてくれるって。これがそれなんだけど、潤くんはそれでもできないって言う？」

容赦ない指摘に潤が一瞬怯《ひる》んだのを見て、今度はすぐに声を和らげてくる。

「もちろん、写真に撮ったからってそれをどうこうするつもりはないんだ。どこかの媒体に使うつもりもない。ただ、僕のインスピレーションを刺激する材料にしたいんだ。初めてなんだよ、誰かを見て、服を作りたいって気持ちが生まれたのは」

八束の言葉は嬉しいものだったが、それでも潤は惑った。

ムリだと断ってしまいたい。いや、本当に自分にはできないと思うのだ。

けれど……。

潤はぐっと奥歯を噛みしめる。

「ん、やっぱりもう少し細かったね。でもタオルを中に入れて調整するより、つめた方がいいな。ちょっと動きも欲しいからクリップを使うより針入れちゃおう。少し動かないでね」

潤の足元にしゃがみ込んだ八束が、今でも細いはずのパンツをさらにつめていく。

「誰かコート準備して」

八束の指示に、真っ白いコートが潤の頭から被せられた。襟ぐりが広く開いたケープコートはたっぷりと布地が使われていて、動くごとにふわりと大きく広がる。さらに首元には真っ白いふわふわのストールを巻かれて、見た目は少し女の子っぽい感じだ。

「八束さん、メイクはどうしますか」

「いや、彼はそのままで行こう。髪は染めてるんだね？　少し黒すぎるかな。でも、カットがいいね。ふわっふわの猫っ毛をうまく生かしてある」

八束に褒められた髪は、実は最近泰生が利用する美容院で潤のカラーとカットをお願いするようになったせいだろう。

真っ黒すぎる髪も違和感があるからと少しずつ色を抜いているところだ。もちろん、薄い髪色にするのはトラウマである母親を思い出すし、祖母に厳しく叱られるだろうから、自然な黒色程度までとお願いしていた。

「目が、きれいだね。透明感があって、吸い込まれそうな気になる」

ふと、八束が間近で潤の顔を覗き込んでいて焦った。

「ふふ、照れてる」

八束は柔らかい茶色の目をふわりと細める。

「困ってるね？　でもおかげで、緊張はしてない。そのままで行こうか」

八束に押されるように白い背景の前へと連れて行かれた。そこでもう一度ストールやコートのこまやかな調整をすると、ようやく八束が離れる。潤はひとり、カメラの前に残された。

「とりあえず、カメラを見てくれる？」

靴の準備がないらしく、足元は裸足だ。暑いくらい強いライトを当てられているせいか、床の冷たさが気持ちいい。

けれど、潤は今究極にてんぱっていた。

写真を撮られたこともあまり記憶にない潤だ。カメラの大きなレンズが自分を向いていることがひどく恐ろしかった。自分を見つめる皆の視線も痛い。

やっぱりやめたいと弱音を吐きたかったけれど、眩しいライトの向こうに見えた八束の真剣な表情に潤は奥歯を噛みしめる。

そうだ、約束――。

「少し胸を張ってくれるかな。緊張しなくていいからね。ゆっくり行こう」

カメラの向こうから八束の声が飛んでくる。

「深呼吸をしてみて。そう、いいね。次は肩を下げようか。で、両肩を少し後ろへ引くように意識して、うん――」

言われる通りに深呼吸を繰り返すと、不思議と体の震えが小さくなる気がした。こわばっている両肩を意識して後ろへと動かし、胸を開く。

「いいよ。少し好きに動いてみて」

許可が出ても、アバウトすぎて逆に潤は何をしていいのかわからなかった。だから緊張から抜け出したくてカメラから目線を外し、スタジオ内をおずおずと見回す。

小さなスタジオだった。以前、泰生のスチール撮りを見学したスタジオに比べたら、半分ほどの広さしかない。

けれど、雰囲気は同じだった。皆がカメラの前に立つ泰生のためにせわしなく立ち働いていたあの時と同じように、今、潤のためにスタッフは動いている。

そうか。泰生はいつもこんな景色を見ているんだ……。

ふいにそんなことを潤は思いついた。

さっきまでの傍観者《ぼうかんしゃ》の潤が見ていた世界ではない。本当だったら絶対見られなかっただろう、泰生の目線に立っているのだ。

これがいつも泰生の目に映る世界――。

遠いと思っていた泰生の世界にほんの少し近付けた気がする。

そう思うと、今の自分の状況もそう悪くない気がしてくるから不思議だ。気持ちが改まり、まだまだ踏ん張れる気がした。

ぐっと顎を引き上げて、潤はカメラのレンズを見遣った。

「視線をぎりぎりまで残すようにして、一回転しようか。コートが翻《ひるがえ》るように」

膝がガクガク震えている気がした。それでも、八束の指示に従おうと足を踏み出す。

それからは無我夢中だった。潤が素人のせいか、あまり指示は出されなかったのが救いだ。数少ない指示も難しいものはなかった。

気付くと撮影は終わっていて、潤はようやくその場に座り込んだ。

「お疲れさま。ありがとう、ムリなお願いを聞いてくれて」

撤収作業が始まった慌ただしい中、八束はへたり込んだ潤の前に一緒に膝をついてきた。やり遂げた達成感とそれを上回る疲れにぼんやりしていた潤の顔を覗き込んでくる。

潤を見る八束は、同じ仕事をやり終えた仲間に向ける眼差しだった。

「でも、おかげで今、この辺がものすごく熱い」

八束の手が自分の胸の辺りを叩いているのを潤は見た。

「潤くんのような男の子に着せたい服がいっぱいあふれ出しているんだ。早く形にしたくてうずうずしてる」

くしゃりと笑う八束の顔は、まるで自分と同年代のように少し子供っぽく見えた。

「今日の撮影を見てて、泰生が君に惹かれたのが何となくわかった気がするよ。君はきれいなんだね。容姿もそうなんだけど何より心がね。純粋で、真っ直ぐで、それが姿形に付随して君という存在を完成させているんだ。だから、独特の雰囲気があってつい惹かれてしまう。見ていると僕も胸が切なくなる気がするから不思議だね」

すごい褒められようで、自分には過剰すぎる評価のような気がして潤は何だかいたたまれない気持ちになった。

しかし八束の次のセリフにはさすがにぎょっとする。

「どうしよう。君を好きになったら困る?」

「え、え? えぇっ?」

目を大きく開いて八束を見上げると、彼は謎めいた笑みを浮かべていた。

「素で驚くんだよなぁ、君は」

何だ、冗談……なのか?

「さ、脱いで脱いで。ずいぶん遅くなっちゃったね」

言われて立ち上がり、襟元のふわふわのストールを外す。潤の脱ぎ着を助けるように、ケープコートを頭から脱がせてくれた八束は何だかすごく楽しげで鼻歌なんて歌っていた。

「でも、潤くんはそんなにピュアで大丈夫かなって心配になるな。あの泰生に対抗できるの？」

「あの泰生って…」

「まさか泰生にむりやり付き合わされてるってわけじゃないよね？」

その言葉には潤はぶんぶんと勢いよく首を振る。

「そうかなぁ、泰生は強引だからね。しかも要領もいいから、知らないうちに何でも自分のいい展開に持ってってるんじゃない？」

「そんなことないです。そりゃ、少し強引ですけど」

『いい展開に持ってってる』じゃなくて、不思議と潤の望む展開へと持っていかれるのだ。強引に振り回すような泰生の奔放さは、内気な潤にとっては助かっている部分が大きい。

ボディランゲージが大きいぶん泰生の方が熱烈にアプローチしているように見えるけれど、きっと潤の方が外に出せないぶん恋心は深く、濃い気がする。

泰生を好きになったのは、きっと自分の方が早い。そして、その思いも自分の方が強いのではないだろうか。

潤はそう思っていた。

泰生への思いを体いっぱいに抱き、泰生からいらないと言われるまで自分は泰生を好きでいるだけ——そう思って全力疾走しているけれど、ある日踏み出す先に地面がなくなったらどうしようという不安はいつもある。なるべく考えないようにしているけれど。

「今度の誕生日くらい、逆襲してみたらいいよ。自分にリボン巻いて『僕自身が誕生日プレゼントです』なんて言って泰生の前に飛び出してみたら？　そういうベタなのって泰生、実はすごく好きなはずだよ。で、君がするからさらに驚くんじゃないかな」

しかし八束の話の違う部分に潤は反応した。

「誕生日……？」

「あれ、知らないの？　泰生は八月生まれだよ。八月の二十一日、獅子座のO型だったかな。泰生が獅子座っていうのはちょっとはまりすぎだよね」

もうすぐだ。

誕生日も知らない恋人なんているんだろうか。

潤はがく然とその場に立ち尽くした。

泰生から急きょ会いにこいと呼び出されたのはその翌日のことだった。

部屋を訪れた潤に、一緒に見ようぜと海外ドキュメンタリーのＤＶＤを取り出した泰生は、ワイドシングルのソファに潤を後ろから抱えるように座り込んだ。

「あの、泰生――」

イタリアで製作されたらしい日本語訳が入っていないそれは、潤にはほとんど内容はわからなかったけれど、泰生にとっても集中して見るような内容ではないらしく、映像半分、潤との会話半分といった感じで進んでいく。

ただ、もっぱらしゃべるのは泰生だけだ。潤も泰生に話したいことがあるのに、なぜかそのタイミングが摑めない。

昨日の、八束に付き合って撮影に参加したことはどうしても話しておきたかった。泰生のいるファッション業界にほんの少し触れられたような昨日の一件は、潤とはまったく違う世界にいる、泰生の違った一面を垣間見られたような気になったからだ。

社会で一人前に活躍している泰生に、学生である潤が追いつこうなんておこがましいけれど、泰生の活躍を知れば知るほど自分との距離が開いていくようで焦っていた潤にとって、わずかばかりだが泰生の傍に近付けた気になっていた。

そして、これを機にもっと仕事の話やプライベートの話を聞かせてもらえればと思っていたのに。

「あの、昨日……」

「お、ロベルト・マセラッティだ。若っ」

狙《ねら》っているわけではないのだろうが、話しかける機会をまたもこうして失ってしまった。

泰生の様子がいつもとは違うことに気付いたのは映像を見始めて間もなくだが、どうやら機嫌が悪いのではないかと気付いたのは実はついさっき。

潤を抱きしめる腕もいたずらに首筋を甘噛みしてくるのもいつもの泰生だったけれど、映像を見ているはずなのにどこか上の空なのだ。よく観察すると、時に何か考え込むようなしぐさを見せたり、時に苛立《いらだ》つような短いため息を吐き出したりしていた。

「あの……泰生。何かあった?」

だからようやくエンドロールが流れ始めたところでそっと潤が聞いてみると、泰生は虚を突かれたように潤の肩に顎を載せたまま固まってしまった。けれど、すぐに喉で笑うような声が聞こえてくる。

「潤に見破られてしまったぜ」

そんなことを呟いて、潤の体に回す腕の力を強め、あやすように軽く左右に揺さぶってきた。

「泰生?」

「何もねぇよ。ただ、仕事でちょっとな。あまり愚痴《ぐち》は聞かせたくない」

さっさと話を締めくくって潤の頬に自分のそれを押しつけてきたけれど、そんな泰生はまるで情緒不安定な子供がお気に入りの人形を抱えて不安と戦っているような印象を受けてしまった。が、後ろにいるのはあくまであの泰生なのだ。そんなわけはないだろうと思うし、自分が泰生にとってそんな大事な存在になり得るとは思えない。

ただ、やはり泰生に何かあったのだということだけは知れた。愚痴は聞かせたくないと言うけれど、潤としては聞かせて欲しかった。もちろんそれを口にはできなかったが。

こんな時、先日会ったアツシとなら泰生は話すのかな。

漠然とそんなことを思ったのは、共通の話題で盛り上がっていた二人の姿が強烈に潤の心に焼き付いていたせいだ。先日読んだ雑誌の中で、アツシが活躍しているのを見たせいもあった。もう一人前に仕事をしているアツシだったら、泰生の相談にも乗ってあげられるのかもしれない。何も知らない自分が泰生の不安や苛立ちを宥められるわけがない。

「あのっ。この前買った雑誌に泰生が出演するファッションショーの特集がありました。新進気鋭のデザイナーを集めてショーを開くから注目されてるって」

「珍しいな、潤がこの世界のことに興味を持つなんて」

泰生にそれを言われると、自分がどれほど泰生のいる世界に意識を向けていなかったのか指

摘されているようで恥ずかしくなる。

誘われて撮影について行ったりしたことはあるけれど、あくまで潤が見るのは泰生だった。だから泰生が今何の仕事に関わっているのかとか、詳しい仕事内容に関しては重要視したことがなかったのだ。

「おれ、知りたいんです。泰生の仕事のこと。ショーのことやファッション業界のことも。もっと泰生のことを知りたい」

加えて、初めて親しくなった人間にどこまで踏み込んでいいのか。踏み込むことが許されるのか。加減がまったくわからないというのもあった。

こんなことを口にして怒られないかとか呆れられないかとか、つい躊躇《ちゅうちょ》してしまう。だから、泰生に対して言動が臆病になっている面があったのは事実。

今の一連の発言も、口にするのにはずいぶん勇気がいった。

なのに、泰生の反応は芳《かんば》しくない。

「あぁー……」

困ったようななり声を返されて、潤の気持ちは一瞬にして縮こまる。さっと体をこわばらせてしまった潤に気付いたのか、泰生が宥めるように潤の首筋に唇を押し当ててきた。

「タイミングが悪いんだよ、今は仕事の話はパスな。っていうか、潤はおれの仕事のことなんか知らなくていいんだよ。知る必要はない」

泰生の声も、抱きしめる腕も優しいけれど、はっきりともらった拒絶に潤は悲しくなる。萎《い》縮《しゅく》した心は言葉を紡《つむ》ぐことさえうまくいかなくした。

「そう…なんですか。だったら、あの八束さん……前に、泰生が言っていた八束さんも泰生と一緒にショーに関わっているってありました」

まるで話し方を忘れてしまったようにたどたどしい自らの話しぶりに潤はぎゅっとこぶしを握る。八束のことを話さなければときっかけを探したのに、泰生はそれにさえ眉をひそめた。

「だから仕事の話はなしって言ったろ?」

「そうじゃなくて。八束さんが、あの実はおれ…八束さんと——」

「おいこら。おれといるのに他の男の名前を連発すんじゃねぇよ」

泰生はむっとしたように潤の耳朶《じだ》に噛みついてくる。

「違っ、そうじゃなくて。八束さんが——っ…ん」

潤の口をふさぐように泰生が後ろからキスをしてくる。ずいぶん強引なキスに、潤はあっという間に絡め捕られた。

「泰…っせ……ん——…」

あふれる唾液《だえき》をすすられ喉を鳴らしても、泰生の口づけはやまなかった。

先ほど機嫌が悪そうだったのが尾を引いているのか。少し乱暴すぎるくらいの口づけは、いつもの泰生らしくない。

「っ……ぅ……」

怖《お》じける唇をきつく噛まれて、潤はびくりと体をこわばらせた。その瞬間、泰生も我に返ったように動きを止めた。

「――ったく、おれも何やってんだ」

苦々しいつぶやきと共に、ようやくキスがほどける。

「泰……ぇ……い？」

泰生はやっぱり少しおかしい――？

それとも、仕事絡みの話はそんなに嫌だったんだろうか。

前を向いたまま、潤は無意識に泰生の気配を探ってしまう。

潤の腹の前で組む泰生の手がほんの少し強くなった。それと同時に、すりっと泰生の頬が甘えるように潤のそれに擦りつけられる。

さっきとは違う乱暴さが抜け落ちたしぐさだった。

どうやら、自分でも思った以上に緊張していたのかもしれない。

泰生に柔らかさが戻ってきたせいか、体から余分な力が抜けた。

「っち、ここまで怖がらせるとはな。いいぜ。聞いてやろうじゃねぇか。八束が何だって？」

そんな潤に、泰生は機嫌を直したみたいに尋ねてくる。が、本気で聞きたがっていなさそうなのは、シャツの中に潜り込ませてきたいたずらな指が証明している。

「つぁ、待って……」

ウエストの細さを確かめるように腰骨の辺りを両手で擽ったかと思うと、一方は上へ――潤の弱点である胸の尖りに照準を合わせてくる。指先できゅっとつまれると、潤はたまらず腰を捻《ひね》った。それを泰生のもう片方の手が置きとどめてくる。

「ぅ…ぁ……やっ、やぁっ」

「話さなくていいのか？」

「つゃ、話っ…す……っぅ、う」

必死で快楽に抗おうとする潤を、しかし泰生はさらに翻弄《ほんろう》するのだ。

潤の顎のラインを舌先で官能的になぞり、耳の下まで辿ると、ひときわ柔らかいそこの肌を吸い上げてきた。

「あ、っん、ん」

「ほら、聞いてんだぜ？　八束が何だよ？」

「つふ…、ぁ…八束…さ…っんが……八束――…ゃあっ」

泰生の唇が、潤の反らした白い喉に食らいつく。まるで気に入らないことを聞いたとばかりに、肌に食い込むその歯牙《しが》には少し力が入っていた。

「やっぱムリ。今はおまえの口から他のヤツの名前が出るとイライラする」

低いうめき声にも似た今度のつぶやきは潤にはとらえられなかった。しかし、気持ちを切り替えるように短い息を吐いた泰生は、痕がついたらしい潤の喉を優しく舐め上げていく。

「潤、おれの名前を呼べよ。潤？」

「泰……せ…ぃ…泰…生？　泰生…っん」

「っふ、……そうやって、おれの名前だけを呼んどけ」

胸を弄《いじ》っていた泰生の指が離れ、潤の体に巻きつく。自分の体に押しつけるように強く引き寄せられ、泰生の熱い体温に背中から包まれて、ようやく潤はホッとした。

何もかもがリセットされたような和らいだ雰囲気が伝わってきたせいかもしれない。

「泰生。泰生。好き、好きです。泰生が、好き――…」

泰生の名前を呼ぶだけで泰生が安らいでくれるというのなら、潤は何度でも呼んでみたい。潤の気持ちが伝わっているのか、泰生が優しく首筋にキスを落としてくる。泰生が体を預けるように潤の背中にのしかかってきた。

泰生も甘えるってことがあるんだろうか……。

先ほども似たようなことをされたが、泰生の動作がやはり少し甘えるような感じだったので、潤は嬉しさと恥ずかしさで顔が熱くなった。

「おまえは、やっぱ可愛いよな。そのままでいろよ？　潤」

ことさら甘く囁くと、泰生の手がゆっくり動き始める。

乱れた前髪を横へと梳《す》いて潤の額を露《あらわ》にしたかと思うと、覗き込むように泰生が後ろから唇を押しつけてきた。顎を取られてさらに振り返らされ、口づけは鼻筋を通って鼻の頭へ、そして唇へと降りてくる。口づけの余韻を味わうことなく口腔内《こうこうない》へと忍び込んできた肉厚の舌は、潤の舌先を擽り、舌の上を奥へと滑っていくのだ。

「っん、んんっ……ぁ、っあ」

自分でも知らない感じる部分を通り過ぎたとき、びくりと腰が跳ねてしまい、泰生が笑みを浮かべるのを自らの唇の上で感じた。

泰生の指先はいつの間にか潤のシャツのボタンを外し終わっていて、肌の上をさまよっていた。首筋から鎖骨を確認するように触れたかと思うと、最終目的地は初めから決まっていたとばかりに芯が入った胸の飾りへと落ち着く。

「つぁ、泰…っせ……」

両手でそれぞれの胸の尖りを引っ張っては押しつぶし、こね回したかと思ったら、きつく捻られた。

「ぅ…う、っは、ゃ…ゃ…ぁ……だ」

じっくりと追い立てるような愛撫《あいぶ》は、潤の一番弱い部分だけにダイレクトに下肢にくる。ガクガクと腰が震え、その震えは泰生にも伝わっているかと思うとたまらなく恥ずかしかった。

「ほら、他に触って欲しいところがあるだろ。おれは忙しいから、おまえが出してやらないと先には進めないぜ」

意地悪な口調で言われて、潤は恥ずかしさに唇を噛む。

なのに、泰生はさらに潤の耳に口を寄せて。

「ズボンの中で、もうきついんじゃね？　ちゃんと楽にしてやらなきゃなぁ」

ことさら優しく、まるであやすように言われてしまった。

確かに、潤の欲望はもうすでに硬くズボンを押し上げている。

揶揄されるせいで普段は何とも思わないのに、この屹立を改めて自分の手で取り出すことがとてつもなく恥ずかしく、困難な行為に思えてしまう。

「おーい？　おれはおまえの乳首を弄ってやるのに精一杯なんだ。これ以上おまえのいいところを面倒見られないぜ？　自分のことは自分でやりな」

「っん、ぁうっ」

泰生の指先が仕事をしていることを強調するように潤の胸元を弄《まさぐ》ってきた。

執拗《しつよう》なその刺激に自らの欲望の先端にじわりと快楽の涙がしみ出してくるのを感じるが、泰生はそれに気付いているみたいにさらに言葉でも潤を嬲ってくる。

「また前みたいに粗相するぜ？　でもあいにく今日は替えの下着なんてねぇから、おまえ今下着を汚したらはかずに帰らなきゃならなくなるぜ？　どうするよ、ノーパンだぜ」

「っふ、ぅ…ぅっ……っ」

潤の目からはたまらず涙があふれ、こぼれ落ちていた。

恥ずかしい。けれど、それと同じくらい興奮してしまう。煽《あお》られて、快感が昂《たかぶ》って、何も考えられなくなる。こんな泰生にこそ、ずぶずぶと溺《おぼ》れてしまうのだ。

「ぉら、潤？　涙はおれがきれいにしてやるから、潤はさっさとズボンから取り出しな」

泰生はひどく楽しそうに潤の涙を啜《すす》った。ひりひりするような目元は優しく舐め、時にキスを落としたりする。

さっきの悪魔的発言とは真逆の蕩かすように優しい行為だった。

「ぁ……は…」

気付けば、潤は自分のズボンのジッパーに手を伸ばしていた。
ジ、ジジ……。

静かな部屋に、自分が下ろすジッパーの音がやけに大きく響いていく気がする。

ようやく最後まで下ろし終わったとき、潤の肩は大きく上下していた——が。

「ん？　それで終わりじゃねぇだろ？」

優しく言われたけれど、まるで叱られたみたいに潤の体は飛び上がってしまった。

「つく……ぇ、つえ、ふっ……ぅ……」

小さな嗚咽《おえつ》を漏らしながらのろのろと下着に手をかけると、背後から喉で笑うような声が聞こえてくる。

「じゅーん？　何ちんたらやってんだよ？　日が暮れるだろ。それともおまえはおれにお仕置きして欲しくてわざとのんびりやってるのか？」

「違……ゃっ……ぁ……ぁっ……し、しない…でっ」

罰を与えるように胸の飾りに泰生の爪が食い込んできた。甘い苦痛に潤はガクガクと体が痙《けい》攣《れん》する。

ようやく下着をずらして自らの欲望を取り出すと、硬くもたげきった屹立はすでに雫《しずく》さえこぼし始めていた。泰生にいじめられただけで感じてしまったことが一目瞭然《いちもくりょうぜん》だ。

「出…した…からっ」

本気で号泣しそうになりながら泰生に報告すると、泰生の抱擁《ほうよう》がきつくなる。

「あぁ、よくやったな。あとはおれが存分に可愛がってやるぜ」

「ぁ…っ…ぁあ――――…っ」

言葉の通り、泰生の指が潤の欲望に絡みついた。大きく上下に動かされ、先端を捏《こ》ねるように揉み込まれて潤は悲鳴を上げる。

「ん、っん、ゃ、も……もっ、いって…ゃ……っ」

「エロい声出しやがって。ひとりでいくか？　おれのこれはどうすんだよ」

臀部に押しつけられた熱い塊に、潤はたまらず目を瞑《つぶ》った。

「ひっ…っ――――…ぁ」

その瞬間、泰生の手の中に精を吐き出してしまっていた。

「ぁ…、っ…ぁ…ごめんっ……なさい」

泰生の手を汚した自分の精に慌てて手を伸ばそうとするが、ひょいっと躱《かわ》されてしまった。器用に左手と足を使って潤のズボンを剝《は》ぐと、改めて潤に注文を出してくる。

「こっちを向いて座り直せ。おまえがエロいからベッドまでとてもじゃないがもたない」

ずいぶん勝手な言いぐさな気がしたが、潤は素直に泰生と向かい合うように座り直した。

泰生の膝に乗り上げるように座ると、先日自分の部屋で一緒にマスターベーションしたことを思い出す。

しかし、今回はそれよりもっとすごいことをさせられるのだと知るのはもう間もなく――。

「あ……」

潤の精で濡れた指先を後孔《こうこう》へと滑り込ませてきた泰生に竦み上がった。

「や、泰…生」

円を描くように辺りをなぞったかと思うと、するりと長い指を蕾《つぼみ》に忍び込ませてきた。

「っふ、ぅ……ん」

泰生は簡単に潤のいいところを見つけてしまう。

途切れることなく押し寄せてくる愉悦《ゆえつ》の波を、体をしならせることでやり過ごそうとするけれど、泰生の指はそれ以上の強さで潤を甘く翻弄するのだ。

内部で、泰生の硬い関節が蠢《うごめ》くのがわかって肌がざっとあわ立った。

「ぁ、っぁ、そこ…ゃ――…」

臀部を抱えるように支えてくれている泰生の手は潤の蕾を集中的に攻撃してくるけれど、時に、鼠径部《そけいぶ》や腰のきわどいところを妖《あや》しく行き来したりして、潤の快感をさらに煽っていく。

「ひっ――…やぅっ、やっ…ぅ…っく……」

たまに臀部を揉むような動きをされると、瞼の裏に星が飛んだ。目の前の泰生の頭を抱えながら喉を反らしてしまう。

「そろそろか？　ずいぶんとろとろになったぜ」

自らの下肢を寛《くつろ》げた泰生が、潤を誘導する。

「後ろからの方がやりやすいけど、今日は顔が見たいからな」

押し当てられた熱がゆっくり侵入してきた。

「ぁ…ぁ…っ――――…っ」

火傷《やけど》しそうなほどの熱と、息が止まりそうなほどの質量が生々しくて、潤はきつく眉を寄せる。毎回この瞬間だけは少しだけ苦しい。

「ぁっ、ぁ、んっ………」

それを紛らわせるためにか、泰生の唇が潤の尖った胸の飾りに吸いつく。

緩んだ内部をさらに押し開いていく泰生の欲望はまるで凶器のようだった。潤をとろとろに蕩かしてしまう甘い凶器だ。

「っは、ふぅ…ぅ……」

軟らかい壁を泰生の熱がゆっくり擦り上がり、潤の内部をいっぱいいっぱいに埋めていく。その充溢感《じゅういつかん》にしらず潤の口からは甘い吐息が漏れていた。

「満足そうな声出しやがって」

微苦笑するような泰生の声が聞こえた。潤の内部が屹立に馴染《なじ》んだことを確認したのか、泰生がスローペースで動き出す。

「っ…ひ…っん……っ…」

ゆっくりした動きのはずなのに――抜き出し、抉り込まれる度に質量を増すようなそれに、強引なまでに快楽が引き出されていく。

突き上げるような快感に、何度も頭の先まで震えが走った。

「潤、目を開けな」

泰生も息を荒げていた。

その言葉に震えながら目を開けると、乗り上げるように向き合う格好のせいか、泰生の顔を見下ろすことになる。凶悪なほど色気のある眼差しで潤を見上げる泰生は、視覚だけで熱が弾けてしまいそうなほど扇情的《せんじょうてき》だった。

けれど、こんなリアルに泰生の欲情している顔が見られるということは、自分の無防備な顔も見られているということだ。

「ゃ…だ。これ、この体勢…ぃ…嫌……っん、ぃや…だっ」

「何が嫌なんだよ。ぎゅうぎゅうにおれを締め付けてくるくせに?」

「だって、泰生…っが、見……ぅ」

「っくく、いつも見てるって。何今初めて見られたみたいなこと言ってんだよ。でも、だから

こんなに興奮してんだ。見られて感じた？　濡らしたみたいにぐっしょりじゃね」

「っ……っぅ、ぅ」

とろとろと涙をこぼす屹立に指が触れ、潤に思い知らせるようにまさぐってくる。

「こんなに感じてて、嫌なんて嘘を言ったらいけないよなぁ？」

にぃっと唇を横に引っ張るようなそれは、まるで悪魔の微笑みのようだった。妖しくて、扇情的で、潤をもっと愉悦の深みへと引きずり込むのだ。

「っぁ、や……んん、んぅっ」

泰生の大きな手で腰を支えられ、揺さぶられる。

体が跳ねると抜け出していく猛りに切なくなり、沈み込むと太い切っ先で奥の柔らかい部分まで抉られて逃げ出したくなる。時に、泰生が腰を突き上げてくるとガクガクと体が痙攣した。

泰生の猛々しさが怖い。

激しくされると壊されそうで悲鳴を上げたくなる。

けれど、同じくらい壊されたいと切に願った。

泰生にもみくちゃにされ、解け合って、いっそひとつになってしまいたい、と。

「ぁん、ぁ、あっ…ぅ…ん――ん…ぅ、んっ」

自らの重みで深みへと刺さっていく屹立に潤は首を振って泰生にしがみついた。突き上げてくる凶器から逃れようと腰がうねる。

「っは、蕩けそう。おまえ、抱くごとによくなってね。っ…締めんなっ」

頭の中まで犯されているような深い愉悦に、潤は言葉にならない声を上げ続ける。泰生が言った言葉ももう聞こえなかった。

すぐそこにある快楽の階《きざはし》へ手を伸ばそうとする潤を、泰生の激しい律動が押し上げてくる。

「ぁ…マジもたね。一回いけっ」

きついグラインドをきかせて、奥へ奥へと泰生の猛りきった欲望が押し入った。

「泰…せ、た…ぃせ、あ、っぁ、っあ」

潤の体は、感覚は、瞬《また》く間に天辺へと駆け上っていくのがわかった。泰生も潤と同じように極みへと向かっているのを意識する。

ひときわ鋭い突き上げが、一回、二回、三回――――。

「やっ、っ――…っ…」

「っ…潤――っ」

声にならない声を上げて、潤は泰生の腹を濡らしていた。泰生が遅れて精を放ったのを体の奥で感じて、潤はもう一度吐息を震わせた。

革張りのドアを開けると、それまで微かに聞こえていたエレクトロニカサウンドが大音量となって潤に押し寄せてきた。

攻撃的ともいえる音の洪水に潤は思わず首を竦めたが、ホールの暗闇に浮かび上がる光の道を泰生が歩いてくる姿に一瞬にして目を囚《とら》われた。

Tシャツにロングカーディガン、クロップドパンツといった普段着の泰生だが、その姿は本場のコレクションでハイメゾンのランウェイを歩いているようにかっこいい。

冷ややかで傲慢なその表情は、誰もがひれ伏さずにはいられない氷の王子のようだった。潤の前では蕩けるような甘い輝きを見せる眼差しも今は氷のように凍結させ、虚空《こくう》を鋭く睨みつけている。

光の道の先端でくるりとUターンした泰生は、ステージの袖へとまた戻っていく。壁際まで歩いたところで、唐突に音楽が消えた。

振り返った泰生は、もういつもの顔に戻っていた。

「あ……」

それに潤ははっと我に返る。

まだ練習にすぎないのに、思わず見蕩れていた自分がほんの少し恥ずかしい。

けれど、見蕩れていたのは潤だけではなかったらしい。

「はー……。さすがタイセイだよね。ただのウォーキングなのにゾクゾクしちゃったよ。存在感があるというかさ」

「目の前で見るとホント迫力あるよな。タイセイがステージに立つだけでショーの成功は約束されたなんてまことしやかに囁かれているのも頷けるぜ。今回も、もらったも同然だな」

すぐ前にいたスタッフらしき人たちが興奮したように話していた。

泰生はというと大勢のスタッフに囲まれている。が、何やら指示を出しているのは泰生で、集まったスタッフはあっという間にホールのいたるところへと散っていった。

ステージがまた動き出す。

「すごいな……」

初めて見るショーのリハーサル風景に潤の口からは感嘆の声が飛び出していた。

潤が今いるのは二日後にファッションショーを控えたホール。今日は会場のプレチェックが行われていて、昨晩泰生から電話で急きょ招待されたのだ。もちろん、潤はさまざまな予定をすべて繰り上げて駆けつけた。

泰生からは「構ってやれないけど」なんて言われたが、潤としては泰生と会えるだけでよかったし、何より彼が大切にしている仕事の現場に呼んでもらえたことが嬉しかった。先日、潤が泰生の仕事のことを知りたいと言ったのを気にしてくれたのだとわかって胸が熱くなる。

潤の前にいたスタッフたちの雑談によると、本来モデルのはずの泰生だが、今回のショーでは知人の演出家と共に総括プロデューサー的役割も果たすらしい。そのせいか、泰生の元にはひっきりなしにスタッフたちが足を運んでくる。その中には八束もいた。

動の泰生と静の八束といったところかな……。

両極端とも言える個性的な二人が並んで立っていると迫力があった。

そんなことを思って見ていると、八束が潤の視線に気付いたように顔を上げる。潤と目が合うとふわりと微笑まれたが、すぐに隣の泰生に何事か耳打ちした。

「あ」

顔を上げた泰生が誰かを探すようにホールを見回し、正解を教えるためにか八束の腕がこちらに伸ばされた。潤と目が合うと、泰生の眉がきゅっと中央に寄る。そんな二人のしぐさに前にいたスタッフたちが何事かと泰生の視線を追って潤を振り返ってきた。

八束に何かを言い置いて真っ直ぐ潤に近付いてきた泰生は、不機嫌というほどでもないが、ちょっと困ったような顔だ。それを見て、本当はこの場に来てはいけなかったのかと、潤は急にどぎまぎした。

「あの、あの、あの…泰生？」

「またおまえは制服で来て」

潤の頭の上に自分が着ていたロングカーディガンを被せると、そのままホールの外へと連れて行く。

「……ごめんなさい」

夏期講座の朝一の授業にだけ出てここに駆けつけたせいだが、泰生の立場など考えなかった。制服でうろちょろしてはいけなかったのだと潤は謝るが、泰生は潤のことを心配して言ったらしいと次の発言で知る。

「その制服で学校名をチェックして、素性を探ってくるような人間もいるからな、おれの周りには。学生と付き合うのも、こんなところにまで出入りさせるヤツも初めてだからおれも調子狂うぜ」

頭をガシガシとかく泰生だが、その目元はかすかに赤い。歩く速さも少し増した気がする。

どこに向かっているのかと潤が不思議に思っていると、休憩スペースを通り過ぎ、関係者のみが使うような素っ気ない階段を上っていく。人気のない階段は明かりがないせいで薄暗く、その踊り場でようやく泰生は止まった。

「あの、何でここに？」

まさかリハーサルのあいだ泰生は潤にここにいろと言うんだろうか？

そんな、少し不安に思ったときだ。

「バーカ。んな泣きそうな顔をすんな。仕事関係の人間がいる場でデレた顔なんて見せらんねぇだろ。キスもできねぇし」

にやりと唇を引き上げた泰生は、潤を壁に押しつけて額を合わせてきた。漆黒の瞳が間近から見下ろしてきて、その強い力を放つ目に潤は見蕩れる。

だから、泰生の言葉を理解するのに一瞬だけ遅れてしまった。反応を返さなかったのをキスはＯＫだと受け取られてしまったのか、泰生が唇を寄せてくる。

「あ、待っ……っ、…ぅ」

きつすぎる冷房でいつの間にか冷えていた唇に熱い泰生のそれが触れた。何度か小さなキスを繰り返していたけれど、潤の唇を割って泰生の舌が滑り込んでくる。肉厚な舌に自らのそれを絡め捕られ、やわやわと唇を嚙まれたと思うと、あふれる唾液をすすられた。

潤の唇を、呼吸を、潤の心まで奪ってしまうような熱烈なキスだった。

「ん……っ、ぅ……っふ」

もっと深く。もっと激しく――。

情熱的なキスなのに、いや、情熱的なキスだからこそ、潤はもっと泰生を欲しがってしまう。

それに泰生も応え、さらに貪欲《どんよく》に求めてきてくれた。ふるふると、膝が小さく震えた。

そんなキスがようやく解けたのは、先ほど通り過ぎた階段近くの休憩所に人の声が聞こえたからだろう。

泰生も少し満足したように唇を離して、けれど困った顔で潤を見下ろしてくる。

「さっきは焦ったぜ。制服姿の潤が立っているのを見て、何とも頼りなさげで誰かに攫《さら》われてしまうかと思った。何だか日増しに自分が過保護になっていく気がするぜ」

泰生の顔は、さっき潤を見つけたときみたいにきゅっと中央に眉が寄っていた。

あ、その顔——。

何だ、嫌がられたわけじゃないんだ。

潤はホッとした。ホッとすると、泰生の体にようやく腕を伸ばせる。伸ばしても、拒絶されないとわかったから。

「おまえは可愛いよなぁ」

おずおずと泰生の背中へと伸ばした手に、泰生が擽ったそうに唇を歪める。甘ったるい眼差しがまた近付いてきて、唇が触れ合った。

「っん…ぁ」

濡れた舌を唇に押しつけられ、ぞろりと舐められる。背筋がゾクゾクして思わず甘い声がもれた。首筋を愛撫するように泰生の指先が上下する。

くらむような酩酊感《めいていかん》に、潤は泰生の背中を掴む手にぎゅっと力を込めた。

その時。

「泰生っ、こんなところにいた！」

背後から飛んできた声に潤はびくりとした。

「っち、時間切れだ」

キスをやめた泰生が、潤を隠すようにそのままの姿勢で振り返る。が、声をかけた人物を見て、驚いたように眉を上げた。

「何だ、アツシじゃね。何してんだ？」

「あーひどい。今日は泰生のアシスタントをするって昨日約束したじゃないか」

「は？　別にいらねぇって言っただろ」

「えー、絶対役に立つって。っていうか、今役に立ってるんだから。演出家の牧本《まきもと》さんが呼んでるんだよ、泰生に確認したいところがあるって」

急かされて、泰生は眉をひそめた。

泰生の体の陰から覗くと、階段の下にいたのは泰生の親せきのアツシだ。

生意気そうな顔が、潤を見つけてきつく色を変える。けれど泰生の手前、睨みつけてくることはなかった。

「もう、ほら。急ぎって言ってたんだから」

階段を駆け上がってきて泰生の腕に自分のそれを絡ませたアッシは、まるで潤などいないような素振りで泰生だけを引っ張っていく。

「あー、わかったって、引っ張るな。おい潤、絶対それ着てろよ？　終わるまで待ってろ、お茶ぐらいはできると思うから。それから、誰に声をかけられてもついていくんじゃねぇぞ」

しかし泰生が潤に意識を向けると、すぐに尖った声を上げた。

「子供じゃないんだからそんなに泰生が構う必要なんてないよ。だいたいそいつ部外者なのに何でここにいるのさ。泰生だって大変なのに、他人の面倒なんてオーバーワークだよ」

「おまえは黙れ。ってか、腕離せ」

「えー、やだ」

じゃれ合うように階段を下りていく泰生とアッシの姿に、潤はとっさに二人の間に割って入りたくなった。そんな自分の衝動にがく然とする。

一瞬――――何か、気持ちが真っ黒になった。

今もイライラして、不安で、泣きそうだ。

どうしてこんな気持ちになるのか。

泰生の可愛がっている親せきのアッシを憎いと思ってしまったのか。

そんなふうに黒い感情を覚えてしまう自分がものすごく汚い人間に思えた。

泰生は潤をよく純粋だと言ってくれるけれど、こんな真っ黒い心を抱いていることが知られたら、もう好きではなくなるのではないだろうか。

こんな気持ちを泰生には絶対知られたくない。

泰生たちがいなくなった階段をのろのろと下りながら、潤は強く思った。


ショーは目前に迫っているせいか、ホールにいるスタッフの熱気はすごかった。ユースコレクションというだけあって、スタッフもみな若い。

潤は彼らの邪魔にならないよう、少し離れた暗がりに立っていた。

「音楽ストップして。ここは、もっと先まで――」

ネットで世界中に配信するためか、映像を確認しながら照明スタッフと打ち合わせしている泰生は、もう潤を見向きもしない。その傍らにいるのがアッシだ。押しかけスタッフだと言っていたわりには、時に二人が顔を寄せ合って話をしているシーンもあったりして、潤は何だか落ち着かなかった。

泰生の傍にいることを許されて、アシスタントの仕事もきちんとできているアッシに改めて彼のすごさを思い知らされた感じだ。そんなアッシだから、先日のように泰生と対等に話ができるのかもしれない。

そして、泰生も楽しそうだった。

泰生から仕事のことは知らなくていいと突き放され、今のようにただ遠くから見ていることしかできない自分とつい比べてしまう。

泰生にとって、自分はどんな存在か改めて考えてしまうのだ。恋人なんて存在より、ああして泰生の隣に立てる人間の方が近しいのか、と。

以前少しだけ感じた疎外感が、今日はさらに強くなっていた。

もっと泰生のことを知りたい。泰生の近くに行きたい。

叶《かな》わないとわかっていても、今泰生の隣にいるアッシが羨ましかった。

「っぁ……」

さっき突然胸に生まれた真っ黒い感情にも、潤は苛まれ続けていた。

もう何回目だろう。泰生のすぐ近くに立つアッシは、何度となく泰生の腕に、背中にと触れていた。泰生はそれを邪険にするような素振りを見せるけれど、潤の目にはただのじゃれ合いにしか見えない。

思わず歪んでしまいそうになる表情を、潤は懸命にこらえた。奥歯が軋る音がする。

二人の姿を見るのがたまらなく嫌だった。けれど、見ないともっと落ち着かないのだ。

どうしてこんなにイライラして後ろ暗い気持ちが浮かんでしまうのだろう。

人に対して好悪を覚えることなど今まではほとんどなかった潤なのに、アツシに対しては、泰生の可愛がっている親せきだというのに苦手意識が先に立つ。いけ好かないと思ってしまう。

これ以上泰生に触らないで――吐き気がするほどの醜《みにく》い感情に、潤はたまらなくなって二人からもぎはなすように視線を逸らした。気持ちを切り替えようと、意識してホールの別の場所を見る。

そこに、八束がいた。八束もデザイナーとして参加することになっているが、今回はスタイリストの仕事も多少兼任しているということで、泰生とは別のところで飛び回っていた。

先日、八束の頼みで服を着て撮影に参加したことを、潤は未だ泰生に言えないでいる。前回の逢瀬で言いだしそびれ、それからは泰生と話す機会自体を持てないでいたからだ。

もしかして、もう八束が泰生に話しているかもしれない。

自分の口から言いたい潤としては、そうでなければいいなと願っている。

苦痛を覚えたけれど、存外楽しい印象の方が強かったあの撮影を思い出して、潤はようやく唇が緩む。

泰生と同じ目線に立てた――なんて喜びはもちろん、泰生が信頼している八束とほんの少し仲良くなれたことも潤にとっては大きい出来事だった。泰生の中の、また違ったテリトリーに入り込めた感じがしたからだ。そんなことも含めて、泰生に自分の言葉で話したいのだが。

「――してから、休憩を入れるから」

泰生の声がホールに響き、潤の意識はまた吸い寄せられるように泰生へ戻ってしまったけれど、その泰生が潤へと視線を飛ばしてきてどきりとした。姿を確認するようなそれに、たった今までのモヤモヤとした思いも苦々しい感情も一気に吹き飛ぶのだから不思議だ。

が、隣にいたアツシも泰生の視線を追うように潤を見た。潤の姿を見て憎々しげに睨んでくる。尖った感情を向けられて、潤は怯えるように顔を俯けてしまった。

祖父母たちと同じ顔をまったくの他人に向けられると、戸惑うし、また違った痛みを覚える。小さく震える唇を噛んだとき、周囲がざわりと騒がしくなったのに気付いた。見ると、進行を無視して誰かが泰生に近付いていくところだった。

男に気付いた泰生が、あからさまに顔をしかめる。

「島谷《しまたに》さん、何？　何でここに来てんの？　おれ、断ったはずだぜ。正式にそっちのマネージャーに連絡したろ？」

「あぁ、近くまで来たんで、ちょっと寄っただけだ。少し君に話したいこともあったからね」

洒落たメガネをかけたその壮年の男――島谷は、たるんだ顎を上げて泰生を見上げて笑う。ニヤニヤとした品のない笑顔に、泰生の眉がほんの少し上がるのを潤は見た。

「警告をしに来たんだよ。私をコレクションに参加させないというのならこのコレクションを成功させはしない、とね。あらゆる手を使って失敗へと導いてやろう。そうなったら、タイセイくん。きみのモデル業への影響はもちろん、ここにいるすべてのデザイナーたちの芽をつぶすことになるかもしれないよ」

泰生は眦をすぅっと引き上げただけだが、周りにいた人々は声を上げている。そんなスタッフたちを満足げに見回した島谷は、最後に泰生を見て勝ち誇ったような表情を作った。

「冗談はやめてくれよ、島谷さん。そもそも求めるコンセプトが違うんだって言ったろ？　若手デザイナーたちを集めたユースコレクションなんだぜ？　古株の島谷さんが出るわけにいかないだろ」

「そこはそれ。特例扱いしてもらって構わないんだよ。なに、ラインナップに私の名前が載ってないからって、特別ゲストってことになれば、見に来た人たちにとってはすごいサプライズになるはずだ。このゲイン・シマタニの新作が見られるんだから」

ゲイン・シマタニの名前に、潤はふと眉を寄せた。

デパートには必ず入っている男性服ブランドの名前だ。父親世代が着るような服がよくショーウィンドーを飾っている。

話の様子からすると、どうやらファッションショーへの自身の参加をこの島谷がごり押ししているらしい。しかし、ユースコレクションと名がつく通り、今回のショーに集まったのが新進気鋭の若手デザイナーばかりで、島谷はその範疇《はんちゅう》にない。

ずいぶん有名なデザイナーのはずなのに、先ほどからの島谷の口ぶりはまるでヤクザか何かのようだった。

それに、とうとう泰生がキレたように声を上げた。

「いい加減にしろよ、島谷のオッサン。話はそれだけ？　んじゃ、とっとと出てけよ。こっちは忙しいんだぜ。暇なオッサンの相手なんてできねぇの」

「タイセイくん、その言い方はないんじゃないかな。少々口が過ぎるよ」

泰生が吐いた暴言に、しかし真っ向から刃向かうことはできないのか、島谷は引きつるような笑い顔で泰生を睨みつけている。

「だいたい、日本でコレクションを行うというのならどうして私に許可を求めなかったのか。君も最近は少し活躍できているみたいだけど、やはり日本では私の方が――」

泰生が眦をつり上げて口を開こうとしたとき、そんな泰生の前に飛び出した影があった。

「あんた頭がおかしいんじゃないの？　コレクションを行うのにどうしてあんたの許可が必要なんだよ。しかも特別ゲストって、あんたに特別ゲストの価値があんのかよ？　こんなところに出張ってくるより、自分の作る服をもう一〇回くらい見直した方が――ぅぐっ」

「っぁ……」

威勢のいい啖呵《たんか》を切ったのは泰生の隣にいたアッシだ。

きれいな顔を真っ赤にして島谷に食ってかかるが、途中で泰生の腕がアッシに伸びた。大きな手で口をふさぎ、島谷の視線から隠すように自分の胸へと囲い込む。

泰生の胸に抱えられたようなアッシの姿に、潤は思わず小さく呻《うめ》いていた。

美猫のようなすらりとした肢体で最初は抵抗していたアッシだけれど、悔しさを紛らわせるように最後には自分から泰生に抱きついていた。

島谷から庇《かば》うためだろうが、人目もはばからず抱き合う二人の姿に、潤の胸は苦しくなる。

「なっ。何だ、その男は。スタッフか？　それともモデルか？　どこのモデル事務所に所属しているっ。私にそんな口をきいてただですむと思っているのか」

「島谷さん。子供の言うことを真に受けるなよ。それより、もういいだろ？　おれたち、時間ないんだけど」

大人なら目を瞑れというように言われて、島谷は顔を赤黒く変えたが、泰生がひと睨みするとそれ以上アッシのことは追及しなかった。その代わりとばかりに泰生をきつく見据える。

「いいだろう。だが、警告を忘れてはくれるなよ、タイセイくん。いつでも自分の思い通りになるとは思わないことだ。今回のことはいい教訓になるかもしれないが、失敗する前に目を覚ましてくれることを祈っている。なに、私は寛容な大人だから——」

滔々《とうとう》と語り出した島谷に、黙れとばかりに泰生はくっと顎を上げる。整ったその顔に凍るような冷たい表情をのせた泰生は、ぞっとするほど冷酷で傲岸で、そして美しかった。

島谷も圧倒されたように言葉が途切れてしまった。しかしすぐにそんな自分を恥じたのか、自分を取り戻そうと首を振っている。

「か、考える時間をあげよう。今日の、日付が変わるまでは待ってやろう。私は仕事が早いからね。それからでも十分ショー開催までに作業を終わらせることができるんだ。考え直してくれることを願っているよ」

ずいぶん早口でそう言うと、島谷はすぐにきびすを返した。

島谷がいなくなっても、辺りはしんと静まりかえっている。

「泰生。もう、なんで何も言わないのさ」

それをものともせずに声を上げたのが、ようやく泰生から体を離したアッシだ。上気した頬で泰生を見るアッシは、悔しそうに唇を尖らせている。

「ひと昔前の流行にしがみついているだけのあんなオヤジ、お呼びじゃないって言ってやればよかったのにさ。それにオレの口までふさいでっ」

「ばかか、アッシは。おまえ程度の実績じゃつぶされるのがオチだってわかんねぇのか」

「でもっ。泰生がここんとこずっと悩んでいたのはあのオヤジのせいじゃないか。オヤジが無茶ばっかり言うって怒ってただろ？　だからオレが代わりに——」

「もう黙れ」

アッシを黙らせるように頭を押しやる泰生は、わずかに眉間の辺りに険を漂わせていた。

周囲も騒然としだして、案じ顔の八束が泰生の元へと近寄っていく。

「そうだな、ちょっと話し合いをやるから進行はストップ。十分の休憩を入れる」

それを見て阿吽《あうん》の呼吸で泰生が声を上げた。

今の島谷の警告を受けて話し合いを始めるのだろう。

主要人物だけが泰生のあとに続いて端へと移動していく。その中に、アッシがいた。潤の視線に気付くと、勝ち誇ったように泰生の隣へ駆けていく。当然のように泰生の背中にぴたりとひっついた。

震え出しそうな唇を、潤はぎゅっと噛みしめる。

先日の泰生の様子がおかしかったのは、さっきの島谷の一件が影響していたのかもしれない。

アツシはそれを知っていた。聞かされたか、その場に居合わせたのかは知らないが、泰生が苦しんでいるのを知って、たまらずさっきのように島谷へ食ってかかっていったのだろう。それが褒められたことではないのはわかっているけれど、それができたアツシが羨ましくて、そして憎らしかった。

はっきりと形を表してしまった厭《いと》わしい感情に、潤はたまらずホールを飛び出した。

今の嫌悪に歪んだ自分の顔を泰生に見られたくない。こんな醜い思いを抱いていることを泰生に絶対知られてはいけない。

はっきりと感じる恐怖から逃げようと、潤は気付けば先ほど泰生にキスをされていた薄暗い階段にまで来ていた。冷房が効きすぎる踊り場には今も誰もいない。そこでようやく潤は足を止めた。少し勢いよく壁に額を押し当てる。

泰生が悩んでいた原因を、アツシは知っていたのに、自分はそれを教えてもらえなかった。

自分は泰生の何なのか。改めて思うと、潤は胸がよじれるようだった。

アツシと自分の差があまりに大きい気がする。

まだ学生である自分に何もかもを話さないのはわかるけれど、気持ちは納得しない。

それに、先ほど泰生とアツシが抱き合っていた姿——アツシの口をふさぐためとはいえ、他の誰かが泰生に抱かれるのを見たくなどなかった。

先ほどまで覚えていた暗い感情がさらに濃さと激しさを増して胸を占拠し、潤を内側から攻撃してくる。

薄暗い階段にどのくらい立ち尽くしていただろう。チェックが再開されるとの休憩室への呼びかけが潤のいる場所にまで聞こえてきて、潤ものろのろと歩き出す。

ぼんやりしすぎていたのか、スタッフたちの大半はもうホールに入ってしまったあとらしい。リハーサルは始まっていて、ドアの向こうから大音量の音楽が聞こえてきていた。

「でもさ。相変わらずタイセイも大胆だよな。あんな人前で抱き合うなんて。あれが噂の新しい恋人だろ?」

「あれ、でも今度はずいぶん毛色が変わったのだって聞いたけど?」

「別れたんだろ。あのアツシってヤツを見ろよ。もろタイセイの好みじゃね。たまには毛色の違ったのをつまんでも、やっぱり好みのタイプを見るとソッチいっちゃうんだろ」

「あぁ、なる。でも二人が抱き合っているのを見て、何か納得するよな。あれほど似合いだと男同士でもありかなと思ってしまう」

「んじゃ、おれなんかどう?」

「冗談っ。タイセイぐらいじゃないとやっぱムリだよ」

前を歩くスタッフの話に潤の足はどんどん重くなっていく。

やはり誰が見ても泰生とアツシは似合いだったのだ。

他人の言うことに振り回されまいと心に誓っていても、どうしても揺り動かされてしまう。心が毛羽立っていくような気がして、胸の辺りをぐっと押さえた。

潤も前の人たちに続いてホールへ入ろうとしたときだ。

「おい、ここはスタッフ以外は立入禁止だぜ。タイセイのファンかよ？　こんなところにまで入り込んでくるなよな」

えっと顔を上げた潤のすぐ前で、ホールのドアが閉められてしまった。

前を歩いていたスタッフだったが、業界人にはとても見えない潤を泰生のファンかと思ったらしい。確かに、建物の外には泰生の追っかけなのか、数人の女性がたむろしていたが。

けれど――――。

潤は目の前の革張りのドアを呆然と見上げる。

今のスタッフたちにとっては、潤に対してのちょっとした咎める発言だったのかもしれない。しかし、ここに来て色んなものを見聞きして弱り切っていた潤の心にはひどく響いた。

誰の目にも潤は部外者にしか見えないのだ。いや、事実ファッション業界にはかすりもしない部外者である。泰生にちょっと誘われて、のこのこやってきただけの一般人――。

そんな自分の存在が急に居たたまれなくなった。

潤の前に立ちふさがるドアは別に施錠《せじょう》されているわけでもないのに、潤はもうその扉を押し開けることができなくなってしまった。

実力的にも容姿的にも泰生にふさわしいアッシと違って、潤はこのドアの向こうに入ることさえ禁じられてしまうような存在なのだ。それをこれでもかと思い知らされた気分だった。

それでも逃げ出さずにここに立ち続けてしまうのは皮肉にも泰生の存在があるからだ。

ドアの前で立ち尽くす潤を不審げに見ながら、スタッフが次々とドアの向こうへと消えていく。またひとり誰かが潤の隣を通り過ぎ、ドアを開けた。が、その人はそのまま歩き去ろうとはせずに、くるりとその場で振り返ってくる。

「あれ、潤くん？　どうしたの、そんなところで」

柔らかい声をかけてきたのは八束だった。のろのろと顔を上げると、その形のいい眉がわずかに上がった。

「ん？」

首を傾げられ、薄い色の目がじっと見下ろしてくる。辛抱強く潤の言葉を待つ八束に、潤もつい正直に話さなければいけない気持ちにさせられてしまうのだ。

「おれが入っていいのかなって」

「入っていいのかって？」

「おれは部外者だし、ファッション業界にまったく関係のない人間だから、ここにいていいのかって……」

「——誰かに何か言われた？」

言われたのもあるし、自分で思ったことでもある。

曖昧《あいまい》に頷くと、八束は眉根を寄せる。何かを考えているふうにじっと潤を見ていたけれど、ふいに表情を崩した。いたずらっぽい眼差しは、少し泰生に似ていた。

「じゃさ、潤くんも関係者になればいいんだよ」

「え？」

八束の突拍子もないセリフに潤は驚くが、そんな潤を八束は近くのソファへと誘導する。

「君さ、ショーに出てみない？　僕の服を着てさ、あのランウェイを歩いて欲しいんだけど」

冗談にしか聞こえないそれに、潤はあ然と八束を見返した。

「先日のスチール撮影のときにも言っただろ？　君を見ていると新しい服のイメージがわいてきてうずうずするって。本当はそんな暇なんてなかったんだけどさ、もう夢中になって作り上げちゃったんだよ、新しいヤツ。それ、着て出て欲しいなって」

「なっ…そ…そんな…ムリですっ。絶対ムリです。一般人のおれがモデルさんたちに混じってあそこを歩くなんてできるわけがありませんっ」

ようやく正気に戻った潤は真っ青になって両手を大きく振る。八束は苦笑して、それでもさらに熱く言い募ってきた。

「でも、そうムリな話じゃないんだよ。実は、今回モデルを使っているデザイナーは七割。残りの三割はイメージの合うタレントや、中には一般人も混じっているんだ。君が歩いても全然問題ない。君の歩き方を見たけど、きれいだったよ。あとほんのちょっと背筋を伸ばしてくればいいかなってところで」

そうだ。この人は見た目によらず強引なくらいに話を進めてくる人だった。滔々とした話しぶりに潤は一瞬圧倒されてしまったが、すぐに思い直して首を振る。

「いえ、本当にそんなことできません」

「でもさ、君がファッションショーに出ることになるともろに関係者だよ？　ここにいても全然構わない人間になる」

その言葉に、潤ははっと顔を上げた。

「ねぇ、潤くん。君さ、この前の撮影のこと、泰生に話してないんだね」

「あ」

急に話を変えた八束に戸惑うが、その件に関しては潤も気になっていたことだから、つい問うように八束を窺《うかが》う。すると、「言ってないよ」と彼は首を振った。

「泰生が何も知らないようだったからとっさにごまかした。何、言わなかったの？　それとも言えなかった？」

「いえ。ただ少しタイミングを外して」

「そう。泰生と少し仲をこじらせているのかと心配した。厄介な人間が泰生の周りをうろついているから、そうかなって」

八束の言っている意味がわからなくて戸惑っていると、彼は曰くありげにその名を口に出す。

「アッシ——泰生の周りをうろちょろしている猫だよ。あぁ、その顔。やっぱりそう？」

「いえ、あの、でも彼は泰生の親せきだって」

「だから厄介なんだよ。泰生は他の人間には許さないことも、身内のアッシには許している面がある。そのせいで、アッシはこましゃくれた子猫ぶりだ」

面白くなさそうに鼻の上にしわを寄せる八束を潤はそっと見る。その視線を受けて、八束は苦笑した。

「実はあの子の爪に、僕も何回か引っ掻かれたことがあるんだ。本当に小さい頃からあんな感じで、泰生に近付く人間には容赦なくてね。今日も、あの子がずいぶん周囲に対して牽制《けんせい》するような態度を取っていたから、もしかしてって思ったんだ。君のことをアッシは知っているんじゃないかってね」

アッシが牽制していたとは、いったいどういう態度だっただろう。

「泰生にべったりだっただろう、彼」

言われて、潤はとっさに顔を歪めてしまった。

胸にわき上がる黒い感情。醜い思い。搔きむしられるような苦しさ——先ほどまで潤を苛んでいた諸々を思い出してしまう。

見られていることに気付いて、懸命に表情を取り繕おうとするけれどうまくできなかった。もともと表情を作ることなど苦手な潤だ。だから、さっきも泰生に知られるのを恐れて逃げ出した。飄々《ひょうひょう》としているようだが、どうも海千山千の人間らしいとわかってきた目の前の男にはバレバレだろう。

案の定、八束の顔には小さな苦笑が浮かんでいた。

「仕方ないよね、あれは。さっきの島谷さんの一件なんてちょっと誤解を生みそうなシーンだったし」

八束が言っているのは、島谷からアッシを守るために抱きしめたことだろう。

「でも泰生自身は気にもとめてないんだよね、あんなことをしておいて。自分がどんな大それたことをやったか。それで周りがどう思ったのか、君がどう思うか、なんて」

そうだ。

さっき潤の前を歩いていたスタッフたちも、アッシのことを泰生の新しい恋人だと思い込んでいた。そのせいもあって、潤は今こんなにも気持ちがぎすぎすしている。

つい伏し目がちになった潤だが、八束の言葉は続く。

「こう言うと君は傷つくかもしれないけど、今までの泰生の恋人だったら、今頃はアッシも交えての修羅場に発展していたはずだよ。大人しい人間なんかいなかったからね、泰生の歴代の恋人たちは」

「――そんなにおれは今までの泰生の恋人たちとは違いますか」

それを聞くと、潤はさらに落ち込んでしまう気がするけれど。

「うん。言ってみればアッシみたいな相手ばかりだった。気が強くて、生意気で、でもとびきり美人な子猫といった感じだね」

震え出しそうな唇にきつく歯を立てた潤だが、八束の言葉には先があった。

「でも、だからこそ君は特別なんじゃないかって僕は思うんだ。大人しくて、そうして気持ちを内に閉じ込めてしまうような相手なんて今までいなかったからね。でも、そのせいで君が傷ついていることに泰生は気付いていないんだ」

最後の言葉に潤ははっと八束を見る。

「君が嫉妬《しっと》していること、ちゃんと口で言わないと伝わらないよ？　泰生は自分の恋人だってもっと独占欲を見せないと。そうして、口をつぐんでいてもアッシが図に乗るだけだ」

「嫉妬…独占欲――…」

思ってもいなかった言葉を口にされて、潤はぽかんとする。けれどすぐにそれがずしんと胸に落ちてきた。

この黒い感情は嫉妬というものだったんだ、と。

しみじみと、潤はその言葉を噛みしめた。

「もしかして、潤くんて嫉妬って感情さえも知らなかったわけ?」

呆れたように見つめられて、潤は小さく頷く。

アツシが羨ましかった。

泰生に触れるアツシが憎らしかった。

泰生を好きでいられるだけでいいとか、泰生が好きだと言ってくれるだけでいいとか思っていたはずなのに、いつの間にか泰生を独占したいと思っていたのだ。

泰生の気持ちも、優しさも、意地悪な笑顔も、優しげな眼差しも、力強い腕も、何もかもを自分のものだ、と思い込んでいた。泰生は潤の所有物ではないのに。

欲張りな自分が恥ずかしくてたまらないのに、初めて覚える嫉妬という感情がどうしても自制できない。抑えることができなかった。

八束は主張しなければと言うけれど、自分のマイナス面をどうして表に出せようか。こんな醜い感情をあんな太陽みたいな人間の前にさらけ出せるはずがない。

なのに、嫉妬を抱えていることなど泰生には絶対知られたくないのに、アッシと一緒にいるところにまた遭遇《そうぐう》したら、自分は口にしてしまうのではないか。

他の人間に触らないで、と——。

「潤くんは本当に恋愛スキルが低かったんだね。泰生があんなに特別扱いするわけだ。まるでよちよち歩きの赤ん坊を前にしているような過保護ぶりに少し呆れてもいたんだけど、ようやくわかったよ」

驚嘆《きょうたん》半分、苦笑半分といった感じで八束が潤を見つめてくる。

「でも……」

自分は特別——なのかもしれない。

けれど、アッシの存在はそんな特別なんかも超えているのではないか……？

「いいよ、言ってごらんよ」

優しく促されて、潤はたまらず口を開いていた。

「おれ、知らなかったんです。先日会った泰生が少し様子が変で、何でかなって思ったんですけど、聞いても教えてもらえなくて。でも、アッシくんは知っていた。さっき言ってたじゃないですか、島谷さんにムリなごり押しされてることをずっと泰生は悩んでたじゃないかって。それを知ってたから島谷さんに食ってかかっていったんだってわかると、何だか――」

「――羨ましい？」

言いよどんだ言葉をずばり口にされ、潤は赤面する。けれど、赤い顔のまま頷いた。

「もちろん恋人だからって、全部を話して欲しいとは言わないですけど。でも、他の人が知っていて自分が知らなかったってことが、何だか思った以上にショックで。泰生と対等な立ち位置にいるアツシくんだからか、おれより会話が弾んでいたり、泰生の仕事の手伝いができたりしていて。そんなシーンを目にすると、恋人のおれなんかよりよっぽど泰生に近いんじゃないかって、何かもうグチャグチャなことを考えてしまって」

何で自分はこんなことを八束に話しているんだろうか。

泰生には言えないだろうことを口にしているのか。

「うーん」

きりきりと痛む胸にこぶしを当てる潤に、しかし八束は、微苦笑してこめかみ辺りを指先でかくしぐさをした。まるで照れくさいような表情だ。

「可愛いなぁ、そんな嫉妬のされ方、僕もされてみたい」

遠回しにはぐらかされたのかと少し暗い気持ちになった潤だが、すぐにごめんと謝られた。

「君は苦しんでいるんだろうけど、ずいぶん汚れてしまった僕からしてみれば、そんな君が思った以上に可愛く思えちゃって。でも、今の君そのままの姿を泰生に見せてやったら、君の不安なんてすぐに解決すると思うんだけどな」

八束のセリフに潤は勢いよく首を横に振る。

こんな醜い感情を泰生には絶対口にはできない。

「そうか、やっぱり君は言えないよね。ま、今回の騒動を君に話さなかった泰生の気持ちは僕にはわからないけど。でも、だったらなおさらショーに出演するべきだよ。アッシと同じ土俵に立ってみればいい。ランウェイを歩く泰生やアッシと同じ場所に君も立ってみれば、彼らの気持ちもわかるかもしれないよ？　泰生の仕事に関係者として立ち会える絶好の機会だし」

けしかけられるように言われて、潤の心は大きく揺れた。

先日の撮影の際も、泰生の立つ世界に一瞬だけ触れられたような貴重な体験をした。

もしかして、ショーに出ればまた泰生に一歩近付けるかな。

そう思った次の瞬間、けれどやはりダメだと内心首を振る。

大勢の人間の前を歩くことになるファッションショー出演など潤にはあまりにきつすぎる状況だ。人の目が怖いと思う潤にとっては致命的な打撃となるだろう。

泰生をはじめ、多くの人間が作り上げてきた大事なショーなのに、自分が舞台の上で歩けなくなってしまったりしたらとんでもないことになる。

ムリだと言うべきだ。

「……っ」

しかし、今の潤の唇はその言葉を紡ぐことはできなくなっていた。

泰生の近くに行きたい。アッシより、さらに近いところに。

その思いが八束の言葉を受けてさらに強くなったせいかもしれない。

人の視線を一身に集めて歩くようなことはきっと心臓が止まってしまうほど怖いだろう。足が竦んでしまうかもしれない。

そんなことを考えるだけでも潤の胸は絞られるように痛むのだから。

けれど、それでも――。

潤はきりりと唇を噛みしめる。

それを押してでも自分は出るべきではないだろうか。

泰生に近付けば、今のこんな醜い感情もなくなるかもしれない――…。

アッシを羨む気持ちが強すぎて、アッシに先んじられている気がして、こんな感情が生まれるのだ。だったら自分も、泰生やアッシと同じ場所に立ってみたらいい。そうしたら、胸に逆巻くこの黒い感情も消えてなくなってしまうのではないかと思った。泰生が望むきれいな自分に戻れるのではないだろうか、と。

気付けば、潤は頷いていた。

「いいの？　ホント？」

八束が喜色をたたえて潤の両肩を掴んでくる。その嬉しそうな顔に、残っていた迷いも吹っ切れた。

「――はい。おれでよかったら出させて下さい。あの、でも、おれ何にも知らないから」

「大丈夫。僕のショーでは派手な演出はしないからランウェイを行って帰るだけ。本番前にリハーサルがあるからさ、その時にたっぷり教えてあげるよ」

さっきまで暗雲が垂れ込めていた胸の内がほんの少し明るくなった気がする。

「あの、ありがとうございます。話を聞いてくれて」

泰生のことをこうして誰かに話せる機会なんてないから、潤は嬉しかった。色んな意味で、気持ちが整理されたような気がする。

泰生と同じ舞台を踏む機会を与えてくれることにも深く感謝したい。

「……何だか、改まってそう言われると胸が痛いな。何にも知らない君を僕が言い包《くる》めてしまったから、悪い大人だなって思っているのに」

胸に両手を当てて良心が痛むとばかりにジェスチャーしてみせる八束に、潤は小さな笑いがこみ上げる。

本当に悪い大人だったらきっとそんなことを正直に言わないと思うのだけど……。

泰生が八束のことを信じられる人間だと言っていたのが潤にも実感できた気がした。


さっそく泰生《たいせい》にファッションショーに出演することを報告しようとしたが、その日、潤《じゅん》は泰生と話す機会を失ってしまった。八束《やつか》と一緒にホールに戻った潤とほぼ入れ違いで、泰生は出かけてしまったのだ。どうやらちょっとしたアクシデントが発生したらしい。

『悪い、潤。ひとりで帰れるか』

慌ただしい中でも潤の心配をしてくれた泰生に、自分が言えたのは「大丈夫」だけだ。

それでも、話があるからと翌日——ファッションショー前日となる午後に時間を取ってもらうことには成功した。忙しい泰生には申し訳なかったが、電話やメールではなく、直接泰生に伝えたかったからだ。

土曜日であるその日も夏期講座の授業はお昼過ぎまでびっしりつまっていて、受験生の夏をこれでもかと満喫している潤だった。

写真になると変わるよね。明日さ、私たちが応援してあげるから入場券回してよ」

ずいぶんなことを言われている気がしたが、潤はそれどころじゃなかった。

どうしてこの写真が出回っているのか。

それにどうして潤がユースコレクションに出ることが周知の事実になっているのか。

一般人であることを考慮して、潤の存在は表だって公表しないと八束は約束してくれたのだ。先日撮った潤のフォトはもちろん、ファッションショーでもできるだけマスコミの目には触れないよう努力すると言われていたのに。

八束に聞いてみるべきだと潤は慌てて自分の携帯電話を取り出すが、サブディスプレイに着信があったことを知らせるマークが点灯しているのが見えた。フリップを開くと、泰生から何度も電話とメールがあった記録が残っている。

授業中はマナーモードにしているために気付かなかったけれど、泰生もこのフォトのことを知っていることがすぐにわかった。

こんな形で泰生の耳に入るとは思わなかった。

潤はきゅっと唇を噛む。

多分、泰生は怒っている……。

すぐにでもコールバックするべきだとわかっているのに、何度も短い間隔で電話が入っているのを見ると、泰生の怒りの激しさが伝わってくるようでリダイヤルを選択できない。

が、そうして迷って数秒もしないうちにまた携帯電話が震えた。

ぎょっとしたが、今度のそれは八束だった。だから、間髪をいれずに通話ボタンを押す。

『潤くん？　よかった、連絡がついた。ごめん、大ミスをやらかしてしまった。うちのスタッフが間違って君のことをネットに上げてしまったんだ。それがどうもテレビにも流れたらしくて、今事務所の方に電話がガンガン入って来てるんだよ』

「っ……」

『で、実は今泰生からも連絡があった。君、まだショー出演の話はしてなかったんだね？』

「はい。泰生とはこの後、会う約束をしていて」

『あ～、なるほど。泰生ね、すごく怒ってて、これからうちの事務所に乗り込んでくるって連絡があったんだ。君もうちに来られない？』

「行きます！」

潤はすぐに返事をして、八束の事務所の住所を教えてもらった。

通話を切った潤はカバンを持って立ち上がった――が。

「ちょっと、無視すんなよっ」

きつい声がして、腕を摑《つか》まれてしまった。

そうだ。女の子たちにつめ寄られていたのだ。

それを思い出した潤だが、乱暴に腕を引かれた衝動で携帯電話がするりと手から滑り落ちてしまった。

「あっ」

開いたままだったそれが硬い床に落ち、嫌な音がした。

「ちょっと、私のせいじゃないからね」

床に落ちた携帯電話の周囲には小さな破片が幾つも散らばっている。

壊れた？

震える指で携帯を拾い上げるが、フリップの一部が欠けてしまったその画面は真っ黒で何の表示も出てこなかった。ボタンを押してもうんともすんともいわない。

「あんたが自分で落としたんじゃん。私ら、関係ないから」

相変わらず強気な女の子のセリフに潤は眉根を下げて頷《うなず》いた。

「悪いけど、急ぐから」

破片も全部拾い上げた潤は、そのまま歩き出す。その時になって初めて周囲の人間が自分たちに注目しているのに気付いたが、潤は構わず足早に教室を後にした。

八束の事務所へ行くために電車に乗って、そこで改めて携帯電話のフリップを開いたが、やはり画面は復活しない。通話ボタンを押しても何も聞こえてこないから本当に壊れたのだろう。

泰生からのメール、読んでおけばよかった……。

さっきは怒っている泰生の片鱗《へんりん》に触れるのさえ怖かったけれど、時間が経つごとに気になってくる。

だから、駅に着いたらかけ足になった。

事務所があるビルはすぐに見つかった。わからなかったら電話してと言われていたから、携帯電話が壊れている以上、見つからなかったら困ったことになっただろう。

ノックをしても誰も出てこなかったので、そっとドアを開けてみる。

「っざけんなよ。何にも知らない一般人を唆《そそのか》してあんな写真を撮るだなんて、あんたがそんな人間とは思わなかったぜっ」

とたん、泰生の怒鳴り声が聞こえてきて、その剣幕に潤は首を竦《すく》めた。

思った以上に広いスペースは、たくさんの服で埋め尽くされていた。靴やバッグも並んでいて、その間をスタッフが行き来していた。多くのスタッフは電話を片手に話している。潤が事務所に入ったタイミングでまた新たな電話が鳴り出したけれど、電話に出られる人間がもう誰もいないようだ。

泰生と八束の声が聞こえるのは、そのさらに奥。そこまで踏み込んでいいのか躊躇《ちゅうちょ》していいたら、電話を終えたスタッフのひとりと目が合って、すぐに申し訳なさそうに両手を合わせられてしまった。

「ごめん。本当にごめんよ、おれのミスなんだ。八束さんから君がショーに出るって聞かされて、じゃあ、フォトも解禁だって思い込んで、ユースコレクションのウェブ担当に画像を渡してしまったんだ。それがホームページのトップを飾ってしまって」

まだ若いスタッフは、奥で話している泰生たちに聞こえないようにか、小声で謝罪してくる。

「しかもさ、お昼過ぎのテレビでコレクションの話題が上がってさ。その時に君の画像が何度も放送されたみたいなんだ。で、八束さんらしくない新しい服のラインと、モデルの君に興味を持った人たちからの電話がさっきから鳴り止まなくて、大騒ぎなんだよ」

ずいぶん叱られたのかもしれない。自分より年上のそのスタッフはしょげまくって、潤に何度も謝ってくる。

「いえ、もう済んだことですし」

ここまで謝ってくれる人に今さら何も言えなかった。

それに、もう最悪な事態を招いているのだ。

「おい、何そこでくっちゃべってんだ」

気付くと、服の間から泰生が顔を出していた。その眼差しは鋭く潤を射貫いてくる。

「さっさと来い」

呼ばれて奥のスペースに飛んでいくと、厳しく顔をしかめた泰生と眉根を寄せた八束がいた。そして、なぜか泰生の隣にはアツシも立っていた。現れた潤に蔑視《べっし》の眼差しを送ってくる。

「潤、なぜ携帯に出ない」

押し殺したようなこんな低い泰生の声を初めて聞いた。

泰生の怒りの度合いがわかるようで潤は震え上がる。が、答えないともっと怒らせるのもわかっているから、携帯電話を取り出した。

「ごめんなさい。泰生にかけ直そうとする前に、携帯電話を落として壊したんです」

「わざと落としたんだろ」

つっかえながら何とか携帯電話の顚末《てんまつ》を話した潤に、アツシが鋭く突っ込んでくる。潤はぎょっとして首を横に振るが、アツシは相変わらず潤には敵意しか向けてこない。

「あんた、すげぇ度胸だよな？　最初っからこんなラッキーを狙《ねら》ってたんだろ。八束さんの服を着てファッションショーに出るだなんて」

「アツシは黙ってろ」

「ちぇっ」

泰生の言うことだけを聞くのも変わらない。

「潤。これは何だ」

潤の目の前に突き付けられたのは、先日撮影された自分のフォトだった。

「いったいいつこれを撮られて、どうしておれに黙ってたか、今すぐ言え」

ただでさえ迫力のある眼差しが、激しい怒りと抑えきれない苛立《いらだ》たしさを全開にして潤を見下ろしていた。

「あの……」

喉がからからに渇いている。口を開いてもうまく声が出なかった。何度か唾《つば》を飲んで、ようやく言葉を発することができた。

「先週のこと、もちろん泰生に言おうと思ったけどっ、でもその時泰生の様子が何だかおかしくて、それで――」

「言えなかったのはおれのせいだって？」

つり上がっていた眦《まなじり》がさらにきゅっと引き上がった気がして、潤の喉は今度こそ干上がった。

慌てて首を振った潤だが、そのタイミングでアッシが聞こえよがしのようにため息をつく。

背後では電話が鳴り続いているのに、その音は思った以上に大きく場に響いた。

「ごめん…なさい」

擦《かす》れるような声で謝罪し、うなだれる潤に泰生が苛立《いらだ》たしげに舌打ちする。

「とにかくショー出演は取りやめろ。いいな?」

「あ……」

今さら出ないなんて言ったら、八束が困らないだろうか。

昨夜、潤の着る服だと画像をメールしてきた八束の弾んだ文章を思い出す。

困惑して八束の方を見ようとした潤を、泰生が頭に乗せた手で止める。

「おまえ、何? おれの言うことより八束の言うことを聞くつもりか?」

今までも怒っていた泰生だけれど、その瞬間、猛《たけ》るような怒火が泰生から噴き出した。

「おまえが何を考えてんのか、おれにはさっぱりわかんね。今までおまえこの世界にまったく興味を示さなかったじゃねぇか。なのに、急に仕事のことを教えてだの、八束の服着たフォトを秘密裏に撮られてるだの、挙句の果てには明日のショーにも出演するだ? しかも、何で今までおれに黙ってんだっ」

泰生の厳しい憤りを正面から浴びせられ、潤は心臓がぎゅっと握られたみたいに苦しくなる。すぐにその痛みは大きな塊となって喉元をせり上がってきた。

「ごめん。ごめんなさいっ」

「っ…、泣くなっ」

「うわ、泣いて済むなんて思ってんだ? 卑怯《ひきょう》だね、案外」

知らないうちに目からこぼれ落ちていた熱い雫《しずく》が涙だというのを、泰生とアッシの痛烈なひと言で知った。そんな潤の前に影が立つ。

震える唇を切れるほどきつく噛んで見上げると、八束の背中があった。

「アッシ、部外者の君が口出す問題じゃないよ。それから泰生、潤くんばかりをそんなに責めるのはあんまりだよ。別に潤くんがことさら君に秘密にしてたって訳じゃないんだ。タイミングの問題だよ。君が潤くんのために時間を取らなかったのも悪いんじゃない？」

「うるせぇっ、あんたが言うな。おれは潤と話してんだ。潤、おまえもおれが忙しくしていた間に、なに他の男に懐《なつ》いてんだよっ」

激昂《げっこう》した口調で八束の発言を切り捨てると、泰生は八束を飛び越して潤を見据えてくる。

撮影のことにしてもファッションショーの件についても、言おうと思っていたのだ。けれどタイミングが合わなくて言えなかった。潤としてはただそれだけのつもりだったのに、それがこんなにも泰生を怒らせるとは思わなかった。

しかし言われてみれば、確かに泰生に秘密を抱えていたことになるのだから、泰生にとっては潤が隠れてこそこそやっていたようにしか見えないだろう。

何も言えない潤にしびれを切らしたように、泰生が潤の手を摑み、八束の後ろから引きずり出そうとする。

「あぁ――」

が、そんな潤の体を引き止める別の腕が絡みついてきた。泰生に摑まれた腕とは反対側の腕に、八束がするりと腕を回してくる。

「――泰生が怒ってるのはその点なんだ？」

のんびりとした口調だったが、八束の声はひどく冷ややかなものだった。対して、泰生の顔色が変わる。

「……八束、潤から離れろ。おれが我慢しているうちにその手を離せよ？」

「何で？　このくらい泰生だってそこのアッシとやってたじゃない、潤くんの目の前で。今さらこの程度で君が何か言うのはフェアじゃないよね？　この前のショーの打ち合わせでは皆の前でアッシを抱きしめたりしていたし」

「なっ」

「それを見て潤くんがどう思うか。嫉妬《しっと》なんてしないといつも豪語していた泰生にはわからないと思っていたけれど、もしかして今の君だったらわかるんじゃない？　泰生と同じ場所に立つアッシに焦って、自分も近付きたいなんて思う気持ちも。そこにつけ込んだ僕の企みも」

柔らかい容姿に、珍しく結ばず肩へと流している髪のせいか、中性的な雰囲気を今日は一層強めている八束だが、その顔に浮かぶ表情は挑むような冷たい微笑《ほほえ》みだった。それが怖いぐらいにさえざえして美しい。

珍しく言われっぱなしの泰生は難しい顔をして八束から顔を背《そむ》け、潤に視線を寄越してくる。まるで自分の気持ちを代弁されたような八束の発言に呆然《ぼうぜん》としていた潤は、その眼差しから逃れるように顔を俯《うつむ》けてしまった。

「もう一度言うよ？　スチール撮影にしてもショー出演にしても、僕が言葉巧みに強制したからだ。泰生のことで思い悩む潤くんの純真さにつけ込むことぐらい、僕には簡単だからね」

偽悪的な口調でそう話を締めくくって、ようやく八束が腕を離してくれた。

おずおずと潤がもう一度顔を上げると、けれど泰生は、先ほどとは少し様相が変わっていた。今の眼差しには、怒りや苛立たしさとは別の――ひどくやるせないような色も混じっていた。

複雑そうな表情で、しかし頬《ほお》を強ばらせるほどきつく唇を引き絞っている。

「泰生、あの」

潤がもう一度謝ろうと口を開いたとき、泰生がひどく苦しげに顔を歪《ゆが》めた。

「っ…もういい」

まるで吐き捨てるように言うと、泰生は潤の腕を離して足早に歩き去っていく。アツシがそれに続いた。潤はその場に残されてしまった。呆然と、泰生の消えていった方を見つめて立ち尽くす。

「ごめんね、潤くん」

いつの間にか、すぐ傍らに八束が立っていた。

「本当にごめん、僕が全面的に悪い。画像はもうサイトから下げてもらったけれど、いったんネットに上げた以上、相当数の人間が目にしているだろうし、それを取り込んだ人もいると思う。しかも、君のフォトはテレビにも流れたらしいし」

「……いえ」

返した潤の声は小さかった。

「泰生に関しては何とか最悪の事態は避けられたと思うんだけど、潤くん、どうする？　僕のミスだし、君にこれ以上迷惑をかけないためにもショー出演は断ってくれてもいいよ？」

確かに、泰生に嫌われないためにもファッションショーには出ない方がいいのかもしれない。

そう思って顔を上げた潤だが、背後のハンガーにかかっている衣装を見て、潤の口は動かなくなった。潤がショーで着ることになっていた衣装だ。

断ろうと思っていた。

が、潤の口から出たのはまったく違う返事だった。

「あの、おれ出ます」

「潤くん、でも」

「確かに、これ以上泰生を怒らせたくはないです。怒らせるのはとても怖い……」

今度こそ愛想を尽かされてしまうかもしれない。いや、もしかしたらもう――…。

視線を落としたくなるのを必死で我慢して、潤は八束を見上げた。

これ以上泰生を怒らせたくはない。けれど、一度引き受けたことを泰生に嫌われたくないからやっぱりやめますなんて言ったら、逆に本当に軽蔑《けいべつ》されてしまう気がした。それだけ、軽い気持ちでショーに出ることを思い立ったのだ、と。

いや、本当のことを言うと、潤も最初は軽い気持ちでショーに出演すると言った。あの広い会場でひとりだけ疎外感を味わって、だから泰生とこれ以上離れたくないからという不純な動機で出演を決意した。初めて覚えた醜《みにく》い感情を消去できないかという身勝手な思いもあった。

しかしさっき泰生に怒られて、ようやく潤は思い出したのだ。泰生がどれだけ自分が立っている世界を大切にし、愛しているのか、ということを。

そんな、泰生にとって言わば聖域であるファッション業界に軽い気持ちで片足を突っ込んでしまった潤だけれど、ここで逃げるように引き返すのはもっと失礼になるのではないか。

軽々しくも足を突っ込んでしまった以上、最後まで責任を持つことが大切なような気がする。

さっきは確かにショー出演はやめろと泰生は言ったけれど、潤が本気でショー出演に取り組めば、思い直してくれるかもしれない。いや、思い直してくれるように、自分は責任を持って自分の仕事をやり遂げるべきなのだ。

そんな自分の思いを、引っかかりつっかかりながらも何とか口にし終えた潤に、最初八束は何の反応も返さなかった。柔らかい茶色の目を大きく見開き、形のいい唇もぽかんと開いたままだ。

もしかして、こういう考えって間違っているのかな。

潤が不安に思ったとき、いきなりへなへなと八束がその場にしゃがみ込んだ。

「へ？　八束さん？」

「うわ、どうしよう。一瞬死ぬかと思った」

「はい？」

しゃがみ込んだ八束が、まるで心臓が痛いみたいに胸に手を当てている。俯いているから八束の表情はわからないけれど、流れる髪の間に覗《のぞ》く耳はなぜだか真っ赤だった。

「まずいな、まだドキドキいってる。心臓が痛い。あぁ、どうしよう」

「八束さん？」

「これに泰生もやられたんだろうね。うわぁ、確かにこれにやられたら骨抜きにされちゃうかもしれない」

もしかして、何か持病を持っているんだろうか。

心臓が痛いとかやられるとか、八束は具合が悪いのかと潤は顔を青くする。

「あの、八束さん。具合が悪いようだったら誰か呼んできます。それとも救急車がいいですか?」

なかばきびすを返しながら言うと、はっしと手首を掴まれた。

「待って、大丈夫だから」

ようやく立ち上がった八束だが、その顔はまだわずかに赤い。が、具合が悪いようには見えなかったので潤はようやくホッとする。

「驚いた。君って天然も入ってるんだ。今救急車なんて呼ばれたら大変なことになってたよ」

「……すみません」

何か冗談だったりしたんだろうか。

普段もあまり冗談が通じなくて、人から生真面目すぎると顔をしかめられる潤だ。

またやってしまったのだと唇を噛んでいると、頭上からくすりと笑う声が落ちてきた。

「困ったな、君を知れば知るほど引きずり込まれる気がする。この辺りで引き返しておきたいけど、もう手遅れかな」

今の言葉も何かの冗談なのだろうか。

潤は頭を捻《ひね》りながら懸命に考えるけれど、やはりわからなかった。

「いいよ。泰生に関しては僕が全力でフォローする。今となってはフォローしたくない気もするけどね。だから、改めてお願いするよ。僕の服を着てランウェイを歩いて欲しい。一緒にショーを成功させよう」

「――はい、よろしくお願いします」

潤は頭を下げた。


いざショーに出演すると決めても、やはり不安や焦りは次々と潤に襲いかかってくる。

八束の事務所から歩いて帰るうちにどんどん足は重くなり、とうとう潤はその場に立ち止まってしまった。

泰生に言われた言葉を思い出すと体の中から震えが生まれてくる。

もういいと、まるで突き放すように言われてしまったとき、どうしてあの背中をすぐに追いかけなかったのか。こんなに時間が経ってしまうと、改めて泰生に会うのがとても怖かった。

もう嫌われてしまったのではないか。

本当に、泰生には愛想を尽かされてしまったかもしれない。

そんな思いが潤の胸をふさぎ、重くしていく。

それでも、潤は泰生との関係を終わりにしたくないからこそ、会いに行かなければいけない。泰生にもう一度謝って、自分の気持ちを、決意を、話してわかってもらうために。

怖くて、不安で、今にもくずおれそうな心を潤は必死で奮い立たせる。

それでも、もう一度歩き始められたのは、それから一〇分近く経ってからだ。

八束の事務所に行くために普段まったく乗らない路線を教えられるままに使ったせいで気付かなかったけれど、泰生のマンションまでは歩いて行ける距離だった。

あの角のコンビニを曲がると、確かマンションが——。

「あっ」

しかし、そのコンビニから出てきた人物を見て思わず声を上げた。相手もすぐに潤に気付いてあからさまに顔をしかめる。

「アツシくん」

さっき泰生を追いかけて出て行ったはずのアツシだった。もしかして、これから泰生のマンションに行くつもりだろうか。

潤は一度定まったはずの心がまた大きく揺れ動いてしまうのを感じる。

一度背中を向けて歩きかけたアツシだが、思い直したように潤の元に歩み寄ってくる。その歩みが、泰生の歩き方に似たとてもきれいなものだったことに、潤はずきりと胸が痛んだ。

「あんたさ、もしかして泰生のとこに行くつもり？」

露骨に呆《あき》れ返っている声だった。

思わず怯《ひる》んで立ち止まった潤の前で、アッシは臨戦態勢のように両腕を組む。

「もう泰生はあんたなんてとっくに見限ってるから行っても無駄なんじゃないかなぁ」

突き付けられたセリフに潤は言葉をなくした。そんな潤をさらに威圧するみたいに顔を近付け、嫌な笑みを浮かべる。

「だってさ、泰生が一番嫌がることをやったじゃん、あんた。泰生って自分の恋人を色んなとこに連れ回すけど、仕事場にだけは絶対連れて行かないわけ。何でか知ってる？　泰生をダシにしておこぼれをもらおうってヤツがいたからさ」

嘲《あざけ》るようにアッシが言う内容が、潤には少し理解しづらかった。思った反応じゃなかったことでアッシもそれに気付いたのか、あからさまにため息をついて説明してくれたが、その内容は頭から一気に血の気が引くようなものだった。

「泰生が付き合う相手はだいたいモデル。じゃなければ、業界人かな。だから、この世界でトップを走っている泰生の傍をウロウロしていると何かしら仕事にありつけたりするんだ。それどころか、泰生に近しい人間だから泰生が釣れるとでも思うのか、泰生が付き合っている相手にもいい顔をしようって人間がいるわけ。中には、そんな人間からもらえるおこぼれ目当てで泰生と付き合いたいって輩《やから》もいるくらいだから」

アッシの言葉が先に進むごとにがたがた体が震えていくようだ。

「だから泰生は仕事場に付き合っている相手を決して出入りさせなかったわけ。自分をダシに仕事にありつこうってバカなヤツがいるから」

ようやく、潤は自分がやったことが大きなタブーであったことを知ったのだ。

潤としては、決してファッション業界で立身するつもりはない。だから、八束の服を着て撮影に参加したり、ショーに出演したりすることも、単に泰生の世界を知りたかったという興味の範囲内で、この先これをステップに業界へ乗り込もうなんてことは考えてもいなかった。

けれど泰生からしてみれば自分が利用されたと考えるのではないだろうか。

聖域に踏み込んだどころじゃない。自分は決してやってはいけない絶対禁忌《きんき》を犯してしまったのだ。

「ぁ……」

頭の中が真っ白になった。血が下がりすぎて、こめかみ辺りでガンガンと脈動がやけにうるさい。胸が苦しくて、息ができなくなったみたいで、潤は震える指を喉に押し当てた。

「…ふ……」

何度か――何度も、喉元にある大きなつかえを飲み下そうとしたけれど、逆にそれはゆっくりせり上がってきた。鼻の奥がじんと痛くなって目頭がじわりと熱くなる。

「あんたは泰生の逆鱗《げきりん》に触れたんだよ。だから、泰生はあんなに怒ったんだ」

そんな潤に、アッシはようやく思った通りの反応だというように笑みを浮かべた。

「でも、でもっ、じゃどうして泰生はおれをあそこに……」

恋人は仕事場には出入りさせないはずの泰生が、どうして潤だけは撮影所や先日のように仕事の現場へ呼んでくれたのか。

懸命に声を絞って縋《すが》るように聞いたけれど、アッシはまるで聞かれたくないことを聞いたとばかりに眉を上げた。

「知らないよ、そんなの泰生のいつもの気まぐれだろ」

そうなのか？　そうなのかもしれない。

どちらにしろ、泰生が今までは決して出入りさせなかった仕事場に潤を連れてきてくれたのに、それを自分は最悪の形で裏切ってしまったのだ。泰生の好意に砂をかけるような行為をしてしまった。

「ま、これでもうあんたは泰生の恋人どころか傍にもいられなくなる。せいせいするよ。あんたみたいな地味な人間が泰生の隣にいるのを見なくて済んで」

もう声も出せない潤をアッシは面白がるように見下ろしてくる。そしてふと気付いたように顔をしかめた。

「ね、地味なあんたにそのサングラスだけはやけに洒落てて浮いてるけど、もしかしてそれって泰生に買ってもらった？」

お金を出したのは潤だが、選んでくれたのは泰生だからと曖昧《あいまい》に頷いた潤だったが、そのとたんサングラスはアッシに取り上げられてしまった。

「……っ」

一気に視界に光が入り込んできて、潤は目を瞑《つぶ》る。夕方なのに真夏の光は強烈で、潤の視界を白く焼いていく。目を開けていられなかった。

潤の色素の薄い瞳は極端に光に弱い。

それゆえに、前に泰生がサングラスを使えと目立つことを恐れた潤を根気強く諭《さと》し、選んでくれた大切なものだ。

だから目の奥が染みるような痛みに構わず、潤はアッシにサングラスを求めて手を伸ばす。

「返してっ」

「やだよ。あんたにこんなのもったいなさすぎるじゃん。これはオレから泰生に返しておくから心配しないで」

「アッシくんっ」

ごいお似合いだと思わない？　泰生の好みだし、小さい頃からずっと泰生を見ているから誰よりも泰生のことを理解してるしさ」

最後にもう一度きつく潤を見据えてから、アツシは歩き去っていく。それは泰生のマンションの方向だった。

潤はその背を追いかけることもできなかった。もう泰生に会う勇気さえなくなっていた。

道行く人が道路に倒れ込んでいる潤を避けるように通り過ぎていく。

ようやく立ち上がった潤だが、ふらりと足が揺らいだ。そのせいで建物の影に入ったのか、目を開けるのが少し楽になる。そして、俯くともっと楽になった。

泰生と出会うまでいつもこんなふうに歩いていたことを潤は思い出す。

ゆっくり重い足を引きずるように泰生のマンションとは反対方向に歩き出した潤だが、目の奥はいつまでも染みるように痛かった。

どうやって帰り着いたのか。気付くと、自宅の門の前に立っていた。

珍しく開いたままの門の向こうが少し騒がしかったので、潤は自分がいつの間にか家に着いていたことに気付いたのだ。心の中が空っぽで、自分が立っているのかどうかさえあやふやなくらいぼんやりしていた。

「お、帰ってきたね、君」

ふいに声をかけられて顔を上げると、どこかで見たことのある男が近付いてきた。黒ぶちメガネをかけた男は調子よく潤に話しかけてくる。

「何だよ、君は玲香《れいか》の弟でもあったなんて、早く言ってくれよ。タイセイと仲がよくて、玲香の弟なんて記事的にものすごくおいしいんだから、ちょっと話を聞かせてもらうよ。君、明日のユースコレクションに出るんだよね？　そんなこと、この前はひと言も言わなかったじゃないか」

夕闇に浮かぶニヤニヤとした顔が、以前潤を餌《えさ》に泰生を釣ろうとしたフリーのルポライターであることにようやく気付いた。平気で嘘がつけて、最後には八束にやり込められて逃げていった男だ。

どうしてそのライターが潤の自宅に来ているのか。

しかし、当惑する潤など気にもかけず男は録音機器を突き付けてくる。

「ほらほら、せっかくここまで来てやったんだから、何らかの話は聞かせてもらわないと帰れないよ。けっこう苦労したんだからね。君の着ていた制服から学校名はわかっても、そこからこの家を突き止めるまでは——」

男のセリフに震え上がった潤を、横から掴む腕があった。

「お帰り下さいと申し上げたはずです。あんまりしつこいと警察を呼びますよ」

痛みを感じるほど強い力で掴むのは、この屋敷で祖父母の代から仕える使用人だ。

「潤さまも早く屋敷にお入り下さい、奥さまと旦那様がお待ちです」

髪に白いものが混じった年齢ではあるが、祖父母同様、潤にはいつもきつく当たってくる使用人だった。そのせいか、潤の腕を掴む手にも加減がない。

ライターの男から逃げられたのはいいが、勢いよく腕を引っ張られてけつまずきそうになる。

屋敷に入ると、甲高い祖母の声が聞こえてきた。その尖《とが》った声音《こわね》に潤は首を竦めるが、使用人は容赦なかった。

「本当に、奥さまと旦那様のご厚意を無にする厚顔無恥《こうがんむち》な子供ですね、あなたは」

そんな言葉と共にドアを開け、リビングへと押し出される。

潤が入ったとたん、祖母の癇声《かんごえ》がぴたりと止んだ。暖炉の前にいた祖母は、入り口に立った潤を見て形相が変わる。憎しみと嫌悪と激しい怒りが混ざり合った顔だ。

激怒する祖母に潤の体は条件反射のようにこわばりつく。動けなくなった潤に祖母はすごい勢いで近付いてきたかと思うと、高く手を振りかざした。

「この、恥知らずがっ」

バンッ、と自分の頬で音が聞こえたときには、潤の体は吹き飛んでいた。絨緞《じゅうたん》の上に倒れ、頬がジンと痺《しび》れてくる。けれど、息をつく間もなくまた襟元を両手で摑まれた。

「おまえはっ、おまえはなんて恥知らずなのっ。あんな格好で写真を撮られて、テレビ沙汰《ざた》にまでなるなんて、この橋本《はしもと》家に泥を塗ったようなものよ。よくもぬけぬけとこの屋敷に帰ってこられたものねっ」

老齢だというのに激しい怒りのせいだろうか、祖母の力は強かった。潤の襟元を摑んでぐいぐいと揺さぶってくる。そのせいで、ぐらぐらと目眩《めまい》がした。

「この由緒正しい橋本家におまえのような下品な人間がいると世間に知られて、私が今どれほど恥ずかしい思いをしているか。しかも、素性の怪しい記者までこの屋敷に呼び込むなんて、おまえはいったい何様のつもりですかっ」

祖母の後半のセリフに出た怪しい記者とはさっきの男だろう。

「違っ…います。その男のことは知りませんっ」

「口ごたえはやめなさいっ」

しかし潤がそれを言ったとたん、祖母の怒声が飛んできた。

「何が知らないですか。あの男はおまえと約束していると乗り込んできたんですよ。おまえのがらそれは許して欲しいと首を振るけれど、祖父母はさらに眦をつり上げるばかり。

「きさまなど勘当だっ。さっさと出て行け」

いつもは潤に手を差し伸べてくれる玲香もあいにく留守のようで、だから潤を助けてくれるような人間はこの屋敷にはいなかった。

祖父の言葉に、追い出すためにか使用人が近付いてくる。ふらりと立ち上がった潤は、まるで追い立てられるように屋敷から飛び出した。

けれど、潤にはどこにも行く場所はないのだ。友人や知人さえ、潤にはいない。

ひとりぼっちだ――…。

それでも、潤の足は歩き出していた。

「ぁ……」

気付いたら、泰生のマンションの前に立ち尽くしていた。

泰生をあんなに怒らせて、もしかしたら本当にアッシの言う通りに見限られたのかもしれないのに、やはり潤には泰生しか頼れる人間がいなかった。

けれど、泰生の部屋のインターフォンを鳴らすことはできない。

こんな時ばかり泰生を頼っていいのかという後ろめたさと、泰生に会いに行ってどんな顔をされるか怖いという思いが胸にあふれ、前に進むことも後ろに戻ることもできず、途方に暮れていた。

泰生は今マンションの部屋にいるのか。どこが泰生の部屋だったのか、わからない潤はぼんやり窓の明かりを見上げるばかり。

どのくらい立ち尽くしていただろう。

夜が更けて、昼間の灼熱《しゃくねつ》をため込んだアスファルトからは熱が立ち上ってくる。生ぬるい風は逆に潤の額に汗をにじませた。

そんな潤の耳に、覚えのある声が聞こえてきて思わず体を竦ませる。顔を上げると、泰生が歩いてくるところだった。

けれど潤が声をかけられなかったのは泰生の隣にアッシがいたからだ。泰生にまとわりつくように一緒に歩いてくる。

「忘れ物…って……かよ？　おまえを…部屋に……上げた…ねぇんだよ。だから、離れて歩…って…言っただろ。こういうのはもうなしだ」

「えぇ～。どうして急にそんなことを言うのさ。あいつから言われたとか？　オレを部屋に上げるなって」

「そんなんじゃねぇって」

会話はうまく聞き取れないが、並んで歩く二人の姿に、さっきアッシが言っていた『これからはオレが泰生の隣に並ぶから』なんて言葉が思い出されてがく然となる。

ちょうど植え込みの陰になっているせいか、二人が潤に気付く様子はない。特に泰生は、いつもと比べてどこかぼんやりしている気がした。

まだ潤のことを怒っているのか。

それとも、潤の存在などもうとっくに過去のことだと追いやってしまっていて、明日に控えるファッションショーのことでも考えているのか。

潤のすぐ近くを今まさに通り過ぎようかというとき、泰生がはっと顔を上げた。一瞬自分が隠れていることに気付かれたのかと潤はぎくりと身を竦めたが、すぐに聞き覚えのある着信音が鳴り響いて泰生の携帯が鳴っていることを知る。

待ちわびていた電話なのか。泰生は潤のいる植え込みのすぐ近くで足を止め、手に持っていた携帯を慌ただしげに開いた。が、目当ての電話ではなかったのか、すぐに小さく舌打ちする。

「——何の用だよ？」

ノースリーブパーカーのポケットに手を突っ込みながら、ずいぶん機嫌の悪い声を上げた。

「は？　知らね。何でって言われても——」

きつく眉をひそめる泰生に、潤は自分に対する可能性が残っていないか、つい祈るように見てしまう。が、いつ気付かれたのか。泰生の隣に立つアツシが潤を見ていたから震え上がった。

何でここにいるのかと見咎《みとが》めるようなきつい眼差しだった。

おまえがここに来る資格があるのか、と責められている気がした。

先ほどアツシに投げられた悪意のこもった言葉の数々も思い出して、潤の足はしぜんに後ずさってしまう。

そんな潤に、まるで所有を宣言するがごとくアツシが泰生の腕に寄りかかる。

何かに気を取られているのか。それともアツシの行為を許容しているのか。アツシを振りほどきもしなかった泰生を見た瞬間、潤はその場から逃げ出すようにきびすを返していた。

「ちょっと待て、玲香。もう一度詳しく話せ——」

泰生の口から姉の名前がこぼれ落ちた気がしたけれど、逃げ出す慌ただしさに紛れた。

息が苦しくなっても、まだ足は動いていた。人にぶつかっても、止まれなかった。泰生という居場所をなくしてしまった潤にとって、行くところなどどこにもなくなっている。

だから、足を止めたらダメだと思った。もう二度走ることも歩くことも、もしかしたら立ち上がることさえできなくなる気がしたから。

「——待って、待つんだ、潤くんっ」

気付くと誰かの声が追いかけてきていた。そして腕を掴まれ、強引に引き止められてしまう。

「っ……」

もっとアツシみたいに、華やかで美人猫みたいな顔だったら――。

そんな潤の心情が表に出てしまったのか、八束がすぐに訂正を口にしてくる。

「あぁ、違う。君が泣きそうな顔をしていたからだよ、変な顔というのは」

けれど、気遣ってくれたそんな八束に潤はうまく反応を返せなかった。

「走ってきたの、泰生のマンションがある方向からだよね。何かあった？　まだ制服のままだし。夕方に事務所を出たあと、家には帰ってなかったりする？」

「いえ……」

「もしかして、泰生とまたケンカした？」

「それは、違います。会ってもないというか……」

要領を得ない潤の返事に腰を据えて話を聞こうというのか、八束は潤を抱えて道の端へと移動する。道から少し引っ込んだところにあったベンチに潤を座らせると、その横に八束も腰かけてきた。

「実は、僕の方はついさっきまで泰生と会ってたんだよ。改めて今回の経緯を説明したんだ。その時は潤くんから連絡がないって泰生拗《す》ねてたんだけど」

八束の言葉に潤は唇を噛む。

そんなわけない――。

泰生がおれからの連絡を待っているなんて。

壊れてしまった携帯電話を入れたポケットを、上からぎゅっと握りしめた。

「もう、もうダメなんです。だって泰生はもうおれのこと、見限ったはずで」

「ダメって」

「おれがしたことは泰生がもっとも嫌うことだったんです。泰生を利用して仕事を取るようなまねをしたおれは泰生の逆鱗に触れてしまったはずだから――」

「さっきはそんなことを言ってなかったよね？　誰かが君に言ったの？」

干上がったような喉を押し開いて言葉を繰り出していく潤に八束は眉をひそめる。

「アツシくんが、教えてくれました」

「会ったの？　もしかして今泰生と一緒にいるとか？」

それはわからないが、さっきは泰生と共にマンションへ入ろうとしていたから今も一緒にいるとしか思えない。

「潤くんのその様子じゃ、本当に泰生とは会ってないんだね。ってことは、アツシくんが独断で追い払ったってところか。やりそうなことだな」

潤は曖昧に首を振るけれど、八束の表情はすぅっと冷たくなった。

「あの子は本当にかき回してくれるな。一度お仕置きが必要なんじゃないかな」

鳥肌が立つような冷え冷えとした雰囲気に潤は思わず臆してしまいそうになる。それに気付いたのか、八束はすぐにそんな物騒な気配を霧散《むさん》させたが。

「ねぇ、潤くん。君はそうしてアッシの言うことは信じるくせに、恋人である泰生を信じてはあげないの？　確かに泰生はずいぶん怒っているみたいだけど、だからってこれで泰生との仲が終わりになってしまうと思ってる？　だったら泰生があまりにかわいそうだ。仲直りの努力もしないで終わりばかりを考えるようでは泰生に失礼だよ。アッシの言うことを真に受けて現実から目を背けるようなことはしないで」

ひやりとする内容も含んでいたけれど、覗き込んでくる八束の眼差しは潤を心配する色がにじんでいた。

「泰生にね、さっきの潤くんの心構えを話して聞かせたんだ。泰生が大切にしている世界に軽々しくも足を踏み込んだことを後悔しているってこと。それから足を踏み込んだ以上、全力でそれをまっとうするのが礼儀だと思うってことも」

「八束、さん……」

「で、そう言ったときの泰生の顔がどんなだったか、君想像できる？」

おかしそうに八束が唇を歪めているのを潤は祈るように見つめる。

「あんな照れくさそうな顔、泰生もできるんだって僕は初めて知った。少なくともあんな顔、嫌っている人間に対してはできないと思うよ」

その瞬間、ツンと鼻先から抜けていくものがあった。目元がカッと熱くなる。

「あ……」

ほろりと、まったく意識してなかったのに大きな涙がこぼれ落ちてきた。

まだ間に合うかもしれない。

泰生はまだ潤のことを少しは好きでいてくれているかもしれない。

今までゾッとするほど冷たくて真っ暗だった視界にさっと光が差し込んできたような感覚を覚えた。喉の辺りにつかえていた大きなものがじわりと溶け出していく気がする。

そのせいだろうか。後から後から涙がわき上がってきて、潤の頬を濡《ぬ》らしていく。それを拭うことさえ忘れていたほど、潤はほんの少しの希望に向かい合っていた。

「可愛いなぁ、泰生が本気じゃなきゃ僕が奪ってしまえるんだけど」

しみじみとした声と共に、潤の後頭部に八束の手が回る。体に見合ったずいぶん大きな手だ。よしよしとまるで慰めるように撫《な》でられて、その優しいしぐさに潤の涙は本当に止まらなくなってしまった。

それでも潤が泣き止んだのは数分後だった。

八束の携帯電話が鳴ったせいだ。

どうやら気分転換にと買い出しに行った八束がいつまでも帰ってこないため、何か事故でもあったのではないかとスタッフから心配されていたらしい。

「いや、本当だって。目の前を潤くんが走っていって——」

八束の会話から、今自分がいるここが八束の事務所と目と鼻の先であることに気付かされた。八束に会ったのもまったくの偶然というわけではなかったのか。

「あーあ、失敗した」

通話を終わらせて潤に笑ってみせる八束に、小さな笑みをこぼす。まだ引きつるような笑みではあったが。

「さ、それじゃ家まで送ろうか。お家の方には僕が説明するよ」

八束が肩を抱いてくるが、潤はその場に止まるように足に力を込めてしまう。

「いえ、家は——」

「もしかして何かあった？　そういえば、少し頬が赤いね。もしかして怒られてしまった？」

心配するように覗き込まれて、潤は祖母に叩かれた頬を押さえる。

「以前会ったライターが家に押しかけてきたんです――」

さっきの自宅での出来事を話すと、八束は大きく眉をひそめた。

「ごめん、本当に僕のミスが君に迷惑をかけたね。そのライターの件は僕に任せてくれる？　これ以上君を煩わせないようにするから」

そう言ってくれた八束だが、すぐに気遣うように視線を寄越してくる。

「でも、明日のショーは本当にどうする？　お家の方がダメだって言うんだったら――」

けれど、八束のセリフに潤は首を横に振った。

あの家はきっと潤が何をしても反対だとしか言わないだろう。

今回のコレクションに出ても出なくてもきっと一緒だ。潤が自主的に何かしようとすることを昔から極端に嫌った。コレクションに出ずに勘当を解かれて大人しく家に戻っても、きっとこの先また何かしら同じような出来事にぶつかるだろう。

今まではそれを当然のことだと甘受《かんじゅ》していたけれど、今回のことで、自分はあそこから自立しなければいけないと強く感じた。

これから自分だけの道を歩むために――。

『自分の道なんだから誰に言われて決めるもんでもねぇし。で、自分で決めたんだから後悔しても諦《あきら》めがつく』

以前、泰生に言われた言葉が潤の胸に深く刻み込まれていた。

泰生の言葉が、泰生の存在が、自分をこんなにも強くする。

そんな自分の真摯《しんし》な思いを伝えるためにも、自分の道へと踏み出す第一歩にするためにも、決意は曲げない。

「――そう。ありがとう、潤くん」

八束が少し眩《まぶ》しそうに目を細めて潤を見下ろしてくる。

「僕にできることだったら何でもしてあげるからね。少し癪《しゃく》だけど、泰生のマンションまで送っていってもいいし。あ、アツシがいたら僕がガツンと言ってあげるから」

その言葉に、潤は少し考えて首を振った。

アツシとまた顔を合わせるのはもちろん怖い。

けれどそれ以上に――今泰生と会ってもきっと泣き言しか口にできない気がする。甘えて、甘やかしてもらって、そしてまた弱い自分に逆戻りだろう。きっとファッションショーに出演する決意も投げ出してしまうように思えた。

明日、ショーを終えて自分の気持ちにもけりをつけてから泰生に会いたい。

それでも、今の潤は少し困った状況ではあるから、八束の申し出には甘えることにした。

「図々しい申し出なんですが、少しだけお金を貸してもらえませんか？　どこかに泊まろうと思うんですけど、手持ちのお金があまりなくて――」

家には帰れない。けれど、ホテルに宿泊するにしても手持ちはほとんどなかった。玲香に連絡を取ろうにも携帯電話が壊れているせいで電話番号もわからずじまいなのだ。

「泰生のところには行けない？」

「今は……」

その問いに潤は頷く。

八束はそんな潤をじっと見ていたかと思うと、うんと頷いて口を開いた。

「じゃ、僕のところにおいでよ。あ、僕のところといっても自宅じゃなくて事務所だけどね。明日のショーを控えてスタッフ共々事務所に泊まり込みの予定だから、ちょっとした合宿気分を味わえるんじゃないかな。あ、寝心地のいいソファも提供するよ？」

「……いいんですか？」

「何だったら、本当に僕の自宅でもいいんだよ？　君を自宅に連れ込んだって泰生にばれたらきっと刃傷《にんじょう》沙汰だと思うけど」

いたずらっぽく見つめてくる八束に、潤はぎこちなく笑みを浮かべて頭を下げる。

「じゃ、事務所にお邪魔させて下さい」

「何だ、残念。君の返事次第では泰生と戦うことも辞さない構えだったんだけどな」

八束のセリフのどこまでが本気なのか、潤にはまったくわからない。だから困った顔をしていると、楽しげな笑い声が辺りに響いた。こんなところはやっぱり泰生の友だちだと、潤は恨めしくなる。

「じゃ、さっそく事務所に行こう——と言いたいところだけど、まずは買い出しに付き合ってくれる？」

お腹をすかせたひな鳥がたくさん事務所に待っているんだとの言葉に、潤は元気よく頷いた。

実は八束の事務所と同じフロアに八束の自宅もあって、そこで潤はシャワーを貸してもらった。制服のままでもあったから、八束からもらった服に着替えて事務所に行くと、もう夜も遅い時間だというのに大勢のスタッフが行き来していて驚いた。

ついさっき潤たちが買ってきた夜食を食べたばかりだからか、夜だというのにやけにテンションも高い。休憩時間の合間に潤がランウェイの歩き方を八束から教えてもらったりしていたのだが、そこに皆が押し寄せ一緒に歩き始めたときには、潤は小さな笑いが止まらなくなった。

夜も更けてきた頃に事務所内のソファで休ませてもらおうとした潤だけれど、皆が忙しくしている中で自分ひとりのんびりしてもいられなくなって、気付けばゴミを片付けたり事務所内でのちょっとしたお使いを申し出たりと小さな手伝いをやっていた。

最後には、スタッフの皆と床に段ボールを敷いてごろ寝なんてまねをして、なかなか貴重な体験となった。

自分なりにファッションショーに取り組み、そのための手伝いに奔走《ほんそう》した潤だったが、本当は今すぐにでも泰生に会いに行きたかった。気持ちが揺らぐから泰生には会わないと自らが決したのに、潤の心はやはりいつだって泰生を求めてしまう。

けれど、それを潤は歯を食いしばるように我慢した。

すべては明日。いや、日付が変わったからもう今日の話——誠心誠意ショーに臨んで、きちんと乗り切ろう。

泰生にもう一度好きだと告げるために——。


八束やスタッフたちと一緒に、揃いのスタッフTシャツを着込んで潤は朝も早いうちに会場入りした。睡眠時間は少なかったのに、朝起きても体はそう辛くなくてほっとした。

「わ、ランウェイができ上がってる」

「そりゃね。午前中にリハーサルがあるから」

先日は床にテープで目印がつけてあっただけのホールに、T字のランウェイが完成していた。その周りを埋めるように今は椅子を設置する作業が急ピッチで行われている。

「あそこを歩くなんて」

ステージといってもいい高さに設置してあるランウェイに、潤はごくりと唾を飲んだ。が、興奮してランウェイを眺めているのは潤だけで、スタッフたちはもう自分の仕事をするべくホールのあちこちへと散っていく。八束だけは、潤をバックステージへ案内するために残ったが。

そんな時、ステージの奥からひときわ背の高い人物が姿を見せて潤は息をのむ。

「泰生――」

「どこ？　あぁ、さすが見つけるのが早いね、君」

二人の視線を感じたのか、泰生が振り返った。が、潤を見つけた瞬間、遠目にも泰生の顔色が青ざめるのがわかって驚く。

「え……」

凍りついた表情で潤と八束を見つめたかと思うと、ステージから飛び降りて二人の元に駆け寄ってきた。

「潤、おまえ、まさか八束のとこにいたのか」

「泰……？」

潤を見下ろす泰生の表情は、なぜかひどくこわばっていた。

「答えろっ。八束のところにいたのかって聞いてんだよ」

上から怒鳴りつけるような泰生の物言いに潤は驚く。こんな怒り方を泰生はあまりしないのに。おののきながら頷くと、ぎりっと泰生の口元から音がした。まるで、奥歯をきつく噛みしめたような音だ。

「おまえ……」

まるで憎まれているのかと錯覚するほど強く見つめられて潤は震え上がる。

「泰生。一応誤解がないように言っておくけど、潤くんはちょっと家でトラブルが起こって、それでホテルに宿泊しようとするところに偶然居合わせた僕が引っ張ってきたんだ。スタッフたちと一緒に事務所に寝泊まりしただけだからね」

ひと言も言葉を発せない潤を見かねたのか、隣にいた八束が言い添えてくれたけれど、それによって泰生の怒りが跳ね上がったように見えたのは気のせいだろうか。

「——潤。おまえ、八束に乗り換えるか？　おれより八束が優しいか。おれなんかより八束を選んだのか」

激怒しているのに、その口調も表情もさっきより静かだった。いや、怒りがすぎて逆に表情がなくなってしまったようだ。凄みさえ感じるほどの冷たい無表情に、その場の空気が音を立てて凍りついていくような幻想を見た気がした。

それに気圧されて、喉がつかえたように潤は声が出せない。体も何だかうまく動かせなかったけれど、何とかぎくしゃくと首を横に振って答えた。が、泰生はそれを見ても表情ひとつ変えなかった。凍てつくような眼差しで、潤を見下ろしたままだ。

「昨夜、玲香から電話があった。あのフォトが原因でタチの悪いライターが家に押しかけてきて、玲香がいない間におまえが家を追い出されたって。携帯もつながらないけど知らないかってな」

低い声のまま泰生が語ったのは、まさに昨夜の出来事だった。

泰生は知っていたんだ。

その事実に潤は息をのむ。

もしかして心配してくれていたのではないだろうか。

青ざめるような心地で改めて泰生を見ると、まるで寝不足であるかのように目が赤かった。疲れているのか、顔色もあまりよくない。

「っ……」

のんきに八束の事務所で寝泊まりなんかするんじゃなかった。アツシに睨まれても、あの時泰生のところに行けばよかったんだ。

目眩がするほどの後悔が次から次に潤を襲う。

「おれは、何でおまえのことをいつも他の人間から聞かされなきゃいけないっ」

そんな潤に、さらに鞭《むち》のように泰生の怒声が飛んだ。

ひゅっと喉元で音がする。胸が絞られる痛みに潤は唇を歪めた。

「ちょっと待って、泰生。それに関しては僕も謝るよ。君に連絡を入れなかった僕も悪いんだから、そんなに潤くんばかりを責めないでくれないか。それに、そもそもは君の隣に居すわる性悪猫が原因なんだよ？　潤くんを叱るより、先にそっちをどうにかしなよ」

「黙れ、八束」

「黙らないよ。昨夜の潤くんの萎《しお》れようを見せたかったよ。アツシにどんなことを言われて追い払われたのか、顔色は真っ青でふらふらしていたんだから」

「っ……」

ぎりりと、泰生の頬の辺りで歯の軋《きし》る音がする。八束を睨みながらも、そこに先ほどまでの勢いはなかった。ひどく苦しげな表情にも見えた。

「八束さん、やめて下さいっ。おれが悪いんです。本当におれが全部――」

「もういい、潤」

責められるのは自分のはずだと口を開いた潤を止めたのは、なぜか泰生だった。

今さっきまでの憤怒《ふんぬ》に駆られた様子ではなかったが、だからこそこれから何を言われるのか、潤は凍りついたような胸を抱えてぶるぶる震える。

そんな潤に、泰生はなぜか痛いように目を眇《すが》めた。

「昨夜、おまえがおれのマンションまで来たことはアッシから聞いた。あの時アッシが――」

しかし泰生が話し出したとき、ステージの方でどっと大きな声が上がった。何があったのかと、会場内が浮き足立つ。泰生や八束も騒ぎが起こっている前方を振り仰いだ。

「話は後だな」

舌打ちして、泰生はもう一度潤を見下ろしてくる。短く息をついて気持ちを切り替えたのか、ジャケットの胸ポケットから取り出した何かを潤の手に押しつけてきた。

「潤、今日のショーには出るつもりなんだな？」

確認されて、潤は震えるように頷いた。それに、泰生は特別表情は変えなかった。

「別におまえが出ると決意しているんならもう何も言わねぇよ」

泰生が真剣な眼差しで潤を見下ろしてくる。明かりが少ない場所で、その目は不思議と強い光を放っていた。

「おまえのことだ。いろいろと考えるだろうが、後で必ず決着をつける。だから今これからは仕事に集中しろ。おれのことも家のことも今だけは忘れろ。いいな？」

そう言ってきびすを返そうとした泰生を、八束がぎょっとしたように引き止める。

「ちょっと待って、泰生。このまま行くのは、あまりに潤くんが酷だ。あっちには僕が行くから、君は潤くんとちゃんと話をしてから来ればいい。きちんと仲直りしてからでないと。潤くんはこれからただでさえ慣れないショーに出演するんだよ？　集中しろと言われても、君じゃないんだからそう簡単にできるわけがない」

が、八束の言葉に泰生は片眉を上げた。

「潤がショーに出ると言うんだ。人目を何より嫌うこいつがそれを決意したのは生半可な思いからじゃないはず。根性は座ってるはずだ。そうだろ、潤？」

寄越された眼差しには深い信頼が宿っていた。

泰生の力強い言葉とゾクゾクするほどきれいな黒瞳に、潤の心臓は大きな手でわし摑まれたようにぎゅっと痛んだ。切ないほどの愛しさがぐぅっと喉元までせり上がってくる。

あぁ、やっぱりこの人が好きだ――…。

潤は唐突に思う。

震える顎で潤がしっかり頷くと、泰生の唇が大きく引き上がった。真夏の太陽のように、眩しいほどの笑みだった。

「よし。あぁ、ショーの前に玲香にだけは連絡してやれ」

そう言うと、潤に携帯電話を渡して泰生は今度こそ背中を向けた。

潤の手に残ったのは、今渡された携帯電話と、さっき手に押しつけられたもの——サングラスだ。見覚えのあるサングラスは、昨日、アッシに取り上げられたものだった。

どうしてこれを泰生が返してくれるんだろう。

不思議に思いながら、泰生の温かみが残った携帯電話とサングラスをぎゅっと握りしめた。

潤を信頼してくれる泰生の心が嬉しかった。

その信頼に応えなければと、気持ちが強く奮い起こされる。

バカなことばかりしでかした潤に泰生も色々と言いたいことがあるはずなのに、それを全部飲み込んで仕事に向かうのだ。潤も早く気持ちを切り替えて、ショーに向き合うべきだ。

この会場にいる泰生は、潤の恋人という以上に『タイセイ』として活躍するトップモデル。今日はそれに加えて総括プロデューサーとしての仕事もある。プライベートで何があろうと自分の仕事を決して蔑《ないがし》ろにせず、正面から向き合う泰生の言動は、将来に迷っている潤にとってひどくかっこよく見えた。

自分もこんなプライドが持てる仕事をしたい。そう強く思わせる。

「あーあ、キラキラした目で見ちゃって。何だかんだ言って、美味《おい》しいところは全部持っていってしまうよね。年下のくせに、何であんなにかっこいいんだか。ホント、敵わないな」

ため息交じりに八束は呟《つぶや》くと、気分を変えるように短く息をついた。

「さ、僕も何があったか聞いてこなきゃ。申し訳ないけど、潤くんはひとりでバックステージに行ってもらっていいかな?」

そう言うと、八束も皆が集まっているステージの方へと歩いて行く。

潤もそうだと思い出して、手の中にある携帯電話をそっと開いた。


姉の玲香に連絡をすると、驚くほど怒られた。いつだってクールなはずの玲香が怒鳴りつけたのだから、ずいぶん心配させたのだろう。

同時に、玲香から泰生もすごく心配していたのだと聞かされて潤はうなだれる。

『泰生、昨夜は寝てないんじゃないかしら』

玲香の言葉に、潤は改めて胸が冷える思いがした。

玲香も今日はコレクションを見に来るということで、コレクション終了後にもう一度会って詳しく話をすることを決め、通話を切った。

改めてステージへと目を遣ると、泰生が電話を手に激しく口論しているようだ。その横では八束も難しい顔をして携帯電話を耳に当てていた。そして、アッシもいた。ただ、今日のアッシは泰生の隣に立ってはいたが、なぜか少し遠巻きにしているように見える。

「何があったんですか」

八束の事務所スタッフがいたから声をかけると、彼は腹立たしそうに教えてくれた。

「島谷《しまたに》の妨害がここに来て発覚したんだ。招待していたジャーナリストやプレスたちが相次いで欠席することがわかったんだよ」

島谷というのは、先日この会場に警告をしに来たデザイナーだ。

日本のファッション業界で力を持つという島谷が、主要なプレスたちに圧力をかけて、このショーへの取材を取りやめさせたのだという。コレクションショーに有名プレスが欠席するなど、そのショーの注目度が低いということになって、ヘタをすればデザイナーたちの今後にも関わるという。

「今、タイセイさんがプレスに連絡してくれているけど、タイセイさんは日本ではあまり仕事をしないせいか、影響力は島谷さんの方がやっぱり上らしくてさ。相手は欠席の一点張りなんだって」

スタッフの言葉に、潤は気遣わしげに泰生を見つめた。

八束や他のスタッフと話す泰生は気難しい表情を崩さない。そのくらい問題は大きいのだと潤にもわかった。

さっきまで活気があって賑《にぎ》やかだった会場も重苦しい雰囲気に包まれていた。

「――この件はおれが何とかする。だから、皆は作業に戻ってくれ。リハーサルもちゃんと時間通りにやるからな」

沈んだスタッフに発破をかけるように、泰生が声を上げる。その言葉に不安そうな顔をしながらも、スタッフたちはそれぞれの作業へと戻っていった。その場に残ったのは、コレクション開催の主要メンバーだけだ。

潤も邪魔にならないところに移動しようと思ったが、自分が持っている携帯電話が泰生のものだと思い出すと、返しておいた方がいいだろうと近付いていく。途中でアツシが睨みつけてきたが、潤はなるべく視線を合わせないように歩いた。

「泰生、これ、返しておきます。ありがとうございました」

難しい顔で話し合っている他のスタッフたちとは別に、泰生は脇でひとり何かを考え込んでいた。そんな泰生の邪魔をするのは申し訳なかったけれど、今を逃すと今度はいつ泰生を捕まえられるかわからない。

「――ん？　そうだった。おまえが持っていたな」

けれど泰生は、潤の手にある携帯電話を取らずに、潤の頭の上にその大きな手を載せた。

「あんのクソオヤジめ。とんだことをしやがって。あー、これじゃ、使いたくなかったオヤジたちのコネを使わねぇとムリかね」

潤からの返事は期待していないようなひとりごとを呟きながら、潤の頭を手慰《てなぐさ》みだというようにぐしゃぐしゃとかき回す。

泰生の母親は名のあるデザイナーで、父親は大手服飾メーカーの社長だったはずだ。けれど以前聞いたが、泰生は両親の七光を嫌って日本ではほとんど仕事をしないという。そんな一線を置いていたはずの両親に頼らなければいけないのは、泰生の気持ちからしてみればずいぶん抵抗があるのだろう。

「泰生、わ、ちょっと……」

「うっせ。されたままでいろ」

猫っ毛の潤の髪は絡まりやすい。それを泰生は派手にかき回すのだから、きっと潤の頭は今すごいことになっているに違いない。

「あのぅ、日本のプレスがダメだったら、外国のプレスを呼ぶことはできないんですか」

潤は単純にそう聞いてみた。

「何言ってんの、あんた。何も知らない人間は口出しするなよ。海外プレスを呼ぶなんてどれだけ難しいと――」

「アッシ、やめろ」

二人の会話を聞いていたらしいアッシが鋭く突っ込んできたが、それをやんわりと泰生が止める。とたん、アッシは悔しそうに口を閉じた。

「――そうだ、潤の言う通りだぜ。海外プレスを呼べばいいんだ。何も日本のプレスに拘《こだわ》る必要はない」

泰生はそう呟くと、にぃっと目の前で笑った。潤が大好きな自信たっぷりの泰生の笑顔だ。思わず見蕩《みと》れた潤の頭をもう一度ぐしゃぐしゃにしてから、泰生は潤の手から取り上げた携帯電話を操作し始める。

「Ｇｏｏｄ　ｍｏｒｎｉｎｇ！」

泰生の口から出たのは英語だった。

勢いよくしゃべり出した泰生に皆の視線が集まってくる。

『――上海《シャンハイ》からなら三時間、いや、二時間半で来られるはずだ。来てくれるだろ？　つか、来いよ。見ないと一生損するようなショーを見せてやるから』

英語が不思議と耳に入ってきた。

泰生の話している内容がわかるのがストレートに嬉しくて興奮した。

『あぁ、会場で会おう』

泰生の唇が満足げに跳ね上がる。その顔で、息をのむように見つめていたスタッフたちにゴーサインをかかげた。とたん、わっと歓声が上がった。すぐに電話を切った泰生は、またどこかに電話をかけながらも、皆に声をかける。

「ガレスアメリカの編集長、ルカ・ワイドケラーが来てくれることになった。他、幾つか当ってみるから。八束、一応そのことを日本のプレスにも言っておいて――ウェイ？」

次に泰生が話し出したのは中国語だ。

そうだ。泰生は中国語も話せるんだった。潤はその流暢《りゅうちょう》な話しぶりに見蕩れていたが、周りのスタッフたちはその前に言った泰生のセリフに大きく反応していた。

「ガレスアメリカの編集長って、あの伝説の編集長か？」

「ルカ・ワイドケラーだろ？　だったら、そうだよ。どんなハイメゾンでもあの人が椅子に座らないとショーが始まらないって聞くぜ」

「何でそんな大物がユースコレクションに来るんだよ。嬉しいけど、逆に怖い気がするぜ」

会場がざわめくような興奮に包まれている。

すごい。泰生の力で場の雰囲気が変わっていく。皆に笑顔が戻ってきた。

泰生が電話した相手はそれほどファッション業界に影響力のある人間なのだ。そして、そんな人間を引っ張ってこられる泰生の存在の大きさが改めてわかった。

名のある両親たちのコネなど一切使わず、自分の力で困難を乗り越えていく泰生を今日の前でまざまざと見て、潤は震えるような感動を覚えていた。

泰生があんなにも自信たっぷりに笑えるのも、キラキラと輝いているのも、自分で道を切り開いて登りつめた確固たる実績があるからだろう。

こんなすごい人だったんだ……。

初めて泰生への思いに気付いたときと同じくらい――いや、それ以上の熱い思いが炸裂《さくれつ》し、あっという間に潤の内側を埋め尽くした。心臓がおかしいくらいにドキドキする。

どうしよう。今日はさっきから泰生に惚《ほ》れ直してばかりだ。どんどん好きが加速していく。

携帯電話を手にさまざまな言語を駆使して海外プレスをかき口説いていく泰生を、潤はずっと見つめ続けた。


ふたを開けてみれば、プレスのために準備したスペースは満員御礼の状態だった。泰生が上海から呼んだ人物の情報を流したとたん、日本のプレスやジャーナリストたちも手のひらを返したように出席を表明してきたのだ。

　客席に招待客も含めて大勢の観客が入ると、一気に会場の雰囲気も盛り上がった。期待と興奮でざわめく会場の空気が舞台裏にもダイレクトに伝わってきて、デザイナーやモデル、スタッフたちの顔が緊張と高揚感で引き締まっていく。

「あ……」

　お腹の底に響くようなドラムの音が鳴り響き、とたん、わっと観客たちの歓声がそれ以上の大音量で聞こえてきた。オープニングを飾る、インディーズバンドの演奏をバックにした書道家のパフォーマンスが始まったようだ。

「——三番の靴、それ違うよっ。それは七番の。すぐに履き替えて」

　並行するように舞台裏の喧騒《けんそう》は一気にヒートアップした。

　そんな中、ショーの後半で一着しか着ない潤はすでにヘアメイクも整えてしまったせいか、そんな慌ただしさとは無縁だった。けれど、何もしないことでより緊張が高まっていく。手に汗がにじんできて、震えも止まらなかった。

　そんな潤の隣に勢いよく駆け込んできたのは、ひとウォークを終えてきたらしいモデルだ。

「すっげぇ、すっげぇよ。やっぱ、タイセイさんはすっげぇ」

興奮したようにまくし立てながら、もう次の衣装に着替え始めている男は、泰生のすぐあとにランウェイを歩いたらしい。

泰生は、今日はオープニングのあとのファーストルックで一着と、ファイナルの一着を飾ることになっていた。

ランウェイを歩く泰生を見たんだ……。

羨《うらや》ましい気もしたが、今の潤は自分の緊張が高まりすぎてそれどころではなかった。

何か、胃が痛い。吐き気がしてきた……。

潤の出番は休憩を挟んだあと。タイムスケジュールによると、あと三十分はあるからと喧騒から離れた化粧室へ逃げ込むことにした。

人の熱気で冷房も効かないような舞台裏だったせいで、人気《ひとけ》の少ない化粧室は寒いぐらいだった。けれどその涼しさが昂《たかぶ》った気持ちを冷ましていってくれる。

汗をかいた手を念入りに洗うが、鏡に映る自分の青ざめた顔に潤はため息をつく。

たっぷりと布地を使ったフード付きのケープコートに細身のパンツ。丈の短い裾からはごついショートブーツが覗いていた。髪や顔はそれほど弄《いじ》られていないはずなのに、鏡に映る自分の姿はいつもとはまったく別人のようだった。

しかも覗く表情は今にも泣きそうな顔――自分で決意し、泰生にも覚悟できていると頷いたとはいえ、人の視線が怖いとさえ思っている自分が、人から注目を浴びるようなショーに出るのだ。植え付けられたトラウマによる不安と緊張で潤の精神状態はきりきり張りつめていた。八束の話ではモデルの他に芸能人や一般人も参加しているらしいが、潤の見た限り素人っぽい人間は見当たらなかった。

昨夜、八束の事務所で足が痛くなるくらいウォーキングの練習をしたけれど、この期に及んでのつけ焼き刃ではないかと思えてきてしまい、さらに不安を誘う材料になっているのだ。

「何やってんの、こんなところで」

ふいに横から声をかけられて、潤ははっと閉じていた目を開ける。

いつの間に入って来たのか、ドアの前にはアッシが立っていた。華やかなアッシをさらに引き立てるような派手な色目のシャツとダウンベストを身に纏《まと》っている。

が、やはり潤を見る目にははっきりとした悪意が込められていた。

「あの……サングラス、返してくれてありがとう」

アッシの方が潤に近寄りもしなかったせいで言えなかったからこの機会にと、潤はそれを口にした。が、そのとたん、アッシの顔が憎悪に染まる。

「何言ってんの、あんた。バカじゃない？　オレが返すわけないじゃん。さっさと捨てておけばよかったよ、あんなの」

返すつもりがなかったのに、潤の手元に返ってきたのはなぜだろう。

アツシの剣幕を恐れながらも潤は少し不思議に思う。

「それにしても、すごい似合わないね、その格好。昨日オレは言ったはずなのに、あんた出るのを考え直さなかったんだ。見かけによらずずいぶん図太かったんだね。でも自分の立場を考えてる？　あんたがステージでこけたら、八束さんはもとよりこのショー全体の失敗になるんだけど。そんなふらふらしててランウェイを歩けるのかよ」

潤がずっと不安に思っていたことをずばり指摘されて、さっと青ざめた。それを見て、アツシの顔がチェシャ猫のような笑いに歪む。

「しかもさ。地味なあんただから、服が浮いてんの。中身変えた方がいいんじゃないかな。今から誰かに交代すれば？　何だったら、オレが着てもいいし」

潤の格好を見て、鵜《う》の目鷹《たか》の目であらを探そうとする。

「いい加減、身の程を知ればいいのに。あんたの方からさっさと別れちゃいなよ。だいたい、泰生と付き合ったのだってこの業界に入りたかっただけなんだろ？　ちゃっかり八束さんに取り入ってショーの服を着させてもらってさ」

「違うっ」

ずっと言われっぱなしだった潤だが、それだけは否定した。

今回のことは確かに色んなふうに見えてしまうだろうが、本当に違うのだ。泰生の立場を利用したわけでも、この業界に入りたかったわけでもない。

「泰生のいる世界を知りたかったんだ。ただ、それだけで――」

「ふん。何とでも言えるよね、口だけなら。だったらさ、もうわかったよね。泰生とあんたは全然釣り合わないんだよ。この業界のオピニオンリーダーである泰生の隣に立てるのはオレだけなの。さっさと別れろよ。あんたなんかいなくなっちゃえ」

アッシはさらにヒートアップしたように声を荒げた。

けれど、その時――。

「アッシ。おれは昨日潤にはもうちょっかいかけるなって言ったよな？」

化粧室のドアが開いて、入って来たのは泰生だった。

八束のファイナルの衣装を着て、ヘアメイクを終わらせている泰生は、普段以上に迫力がある。鋭い眼光がアッシを貫いていた。

「おれの周囲を引っかき回すのもいい加減にしろ。しかも、出番を控えている人間に絡むなんて最低なことをしやがって」

「だ、だって。泰生がわかってくれないから。こんな地味なヤツ、泰生には絶対似合わないって言ってんのに。泰生だって、自分を利用して仕事を取るような人間は一番嫌いなはずじゃん。

なのにどうしてまだそいつに構うのさ」

アツシの声は悲鳴のようだった。

「似合う似合わないなんて関係ないんだよ。おれが潤に惚れてんだ。それを関係ない人間にとやかく言われる筋合いはねぇ」

力強い泰生の言葉に、潤はぎゅっと両手を握りしめる。

心の奥底にわだかまっていた嫉妬という名の黒い感情が、その瞬間霧散していくのを感じた。

「おれが本気で怒らないうちにさっさと行けよ」

出て行くように顎をしゃくってみせる泰生に、アツシは泣きそうに顔を歪めた。

「関係なくないっ。オレは泰生が好きなんだ。小さい頃からずっと、ずっと好きで。今さら他のヤツなんかに渡したくないっ」

「――じゃあ、この場で引導を渡してやる。おまえの出番はもう終わったからいいな？　おれはアツシを恋愛対象としては絶対見られない。おまえは身内なんだ。身内にそんな感情は持てない、この先どれだけ一緒に過ごそうがな。だから諦めろ」

ばっさり切り捨てる泰生は冷酷すぎるほどだった。だからか、アツシはもう何も言えずにぐっと唇を噛んでこらえ、化粧室から出て行ってしまった。

それを眉を寄せて見送っていた潤を泰生は急かしてくる。

「おら、潤も。出番まで一〇分を切ってる。八束がひやひやしてたぜ、どっかで倒れてるんじゃないかって」

「あ」

促され、潤も浮き足立つが、探しに来てくれた泰生の気持ちに駆け出そうとしていた足を止めて振り返った。

「泰生、このショーが終わったら話をさせてくれますか」

「――別れるなんて話は一切聞かねぇからな」

泰生が唇を歪めるように笑ってくれた。潤の胸がパッと明るくなる。

舞台裏に戻ると八束がホッとした顔を見せた。心配させていたんだなと申し訳なくなると同時に、しばし忘れていた緊張がまたぶり返してきた。

顔がこわばり、膝が震え始める。ステージの袖口でスタンバイする潤の足は、はっきり見てわかるほどにガクガクしていた。

このままじゃ歩けない。

緊張と不安で逃げ出したくなった。もちろん逃げ出せるわけがないから立っているけれど、頭がクラクラして今にも気絶しそうだ。

そんな潤の肩に大きな手が置かれた。

「――すげぇガッチガチじゃね」

泰生の声だ。

そうだった。泰生はこのファッションショーのフィナーレで登場することになるから、出番は潤の後ろ。

「泰生……」

思わず出した声はみっともなくも擦れていた。それに応えるように、ぐっと肩に乗せられていた手の力が強くなる。

「潤。ランウェイに上がったら素人も何も関係ない。一プロとして見られるんだ。だからちゃんとやり通せ、できるな?」

ショーモデルである泰生だから、その言葉にはひどく重みがあった。

だからだろうか。朝に聞かれたときは頷けたのに、今の潤はひどい緊張状態ということもあって諾《だく》とこたえられない。

そんな潤に、泰生は今度は軽い口調で話しかけてくる。

「んだよ、おまえはおれに見せなきゃいけないはずだぜ。おれの世界に不用意に足を突っ込んでしまった以上、最後まできっちりやり通すって、すげぇかっこいいこと言ったんだろ? その姿、見せてくれよ」

そうだ。

おれは確かにそう言った。

けれど——…。

「できるはずだ。何たって、おまえはおれが好きになった人間なんだぜ？　このおれさまが数多《あまた》の人間の中からたったひとり選んだおまえにできないはずがないだろ。大丈夫だ、落ち着いて行け」

ゆっくりと、力強く、まるで暗示をかけるように泰生が耳元で囁《ささや》く。

「それでもまだ緊張が取れないっていうんなら、ランウェイ延長上の一番前に座っている金髪の派手なオヤジを睨みつけてやりな。そいつが、おまえとのデートをドタキャンさせておれに京都案内なんてさせた人間だから」

「ええっ」

驚いて振り返ろうとしたとき、舞台袖の八束に引っ張られた。出番だ。もう一度服装の乱れなどのチェックをされて、ランウェイへと送り出される。

一気に潤の体をたくさんのライトが照らし出した。同時に襲いかかってくる群衆の熱気、突き刺さるような視線。潤に向けてたかれるフラッシュの光で足元がくらみそうだ。事実、踏み出した足は震えていた。

午前中のリハーサルのときはほんの数秒で歩き終わったはずのランウェイがひどく長く感じられ、T字の先端までが限りなく遠くに見える。

床を踏みしめる感触がまったくなく、ふわふわとまるで雲の上を歩いているようだ。

視界が極彩色に染められていて、うまくものを捕らえられないせいもあった。眩しいほどのライトやフラッシュのせいか、それとも極度の緊張のせいか。急に視力がきかなくなったような感じだ。

けれどその分、感覚が鋭くなっていく。

会場から集まってくる視線を肌が感じ取っている気がする。突き刺さるような視線が怖くて立ち止まってしまいそうになったとき、しかしふいに視界が開けた。T字の先端に座っている金髪の壮年の男が目に飛び込んできたのだ。

『金髪の派手なオヤジを睨みつけてやりな。そいつが、おまえとのデートをドタキャンさせておれに京都案内なんてさせた人間だから』

泰生の言葉が頭の中に蘇《よみがえ》ってくる。

潤はぐっと唇を左右に引っ張ると、派手なシャツを着ている男を見つめた。睨みつけるわけではない。視線を定めるためにだ。

その瞬間、不思議と体から余分な力が抜けた気がする。

猫背にだけ気を付けて、少し早めに歩いて行く——。

昨夜の練習で八束に再三言われた言葉をようやく思い出した。

慌てて顎を引いて胸を開いた。すると呼吸が楽になり、自らの足の運びがわかるようになる。

美しいドレープを見せたいから風をはらむようにUターンして——。

T字の先端に着いたとき、潤は何度も練習した通りに足をさばく。目の端に、着ていたケープコートがふわりと広がるのが見えた。

その時、会場がどっと沸き返る。爆発音にも似た鬨《とき》の声に、潤の足は一瞬だけ揺らいだ。必死に踏みとどまり、ランウェイの帰路に踏み出そうとした潤の視界に、泰生が飛び込んできた。

今の歓声は泰生が登場したせいなのだ。

「っ……」

首元にルーズなスヌードをつけ、細身のジャケットをコートのように身に纏った泰生が踊るように歩いてくる。その歩みはまるで風を纏っているかのようで、泰生が一歩足を踏み出すごとに長めのスーツの裾がひらりと翻《ひるがえ》っていく。

躍動感あふれるウォーキングに対して、その表情はどこまでもクールだ。真っ直ぐに宙を見つめたまま、自分はただの歩くマネキンだというように瞬《まばた》きさえもしていないように見えた。

彫刻家が彫り上げたような無表情な顔は、けれどゾクゾクするほど冷たい色香にあふれ、人の視線をごっそり奪い去っていくような絶対的なオーラを放っている。

そんな泰生に潤も見蕩れた。けれど同時に、自分の役割も思い出していた。

自分がいるのは観客席ではない。ランウェイ上だ。

『ランウェイに上がったら素人も何も関係ない。一プロとして見られるんだ。だからちゃんとやり通せ』

泰生は潤に眼差しひとつ向けなかったが、その姿勢で潤に改めてプロというものはどういうことか教えてくれている気がした。

『おまえはおれが好きになった人間なんだぜ？　このおれさまが数多の人間の中からたったひとり選んだおまえにできないはずがないだろ。大丈夫だ、落ち着いて行け』

潤はくっと顎を上げ、もう泰生を見ずに歩き出す。すれ違う瞬間も潤は前を見続けた。背筋を伸ばしてステージ袖へと歩き通した。

「よかったよっ。すごくよかった！」

駆け込んだ先に八束がいて、どさくさに紛れて抱きつかれた気がする。いや、昨日見知ったスタッフだったか。もしくはそこにいたスタッフ全員からだったかもしれない。あやふやなのは、ランウェイを歩いている泰生ばかりを振り返って見ていたからだ。

泰生がバックステージに飛び込んできたタイミングで、入れ替わりのように八束のショーに出演していたモデルたちが整然と一列に並んでランウェイへともう一度歩いて行く。

泰生と顔を合わせる暇もなく、潤もスタッフに引っ張られてその列の最後に並ばせられた。泰生がすぐ後ろに立った気配がしたのは潤がランウェイへ歩き出したときだ。

それからはあっという間だった。拍手が雨のように降り注ぐ中、ただ前のモデルの背中を見つめて歩き、Uターンして戻っていく。すぐ後ろに泰生が歩いていることを意識しながら。けれど今度はバックステージに戻ることはなく、横に広いステージに一列に並ぶのだ。

「おら、八束が出てくるぞ」

ランウェイに上がって初めて泰生の声を聞く。楽しんでいることが伝わってくる上機嫌な声だった。潤の緊張がその瞬間ようやく解けた気がした。

泰生を見上げると、まるで子供のように笑っていた。目をキラキラさせて、この場に立つことが楽しいのだという思いが全身からあふれているようだ。

あまりにも潤が泰生ばかりを見つめるせいか、泰生が見ろとばかりにステージ袖を顎でしゃくる。視線を引きはがすように目線を移すと、デザイナーである八束が観客に手を上げて歩いてくるところだ。

観客席からは八束や泰生の名前が盛んに呼ばれ、拍手は鳴りやまない。褒めそやすような口笛が高く長く鳴り響いていた。

「お祭りみたいだろ？　これをおまえに見せられてよかったのかもな」

泰生の言葉に潤が思わず振り仰ぐ。その時には、端整な顔がすぐそこにまで迫っていた。

「ん……」

唇に触れた柔らかな感触に、潤はぎょっと目を見開く。いたずらっぽく唇を吸い上げたあと、泰生は片方の唇だけを引き上げるような魅惑的な笑みを残して顔を上げた。

潤が我に返ったときには、今のことはなかったみたいに泰生は観客に手を振り、飛び出してきた他のデザイナーたちと抱擁《ほうよう》を交わしている。

こんなステージの上で、観客の前で、キスをしてしまった……。

音を立てて一気に頭に血が上っていく。きっと顔は真っ赤だろう。

このランウェイを踏んだときと同じくらい足がふらふらになった潤だが、さいわい、次々と抱擁を求めてくる見知らぬスタッフやモデルたちに支えられた格好になって何とかステージに立ち続けることができた。途中で飛んできてくれた泰生の腕の支えも大きかった。

公衆の面前でキスなんてと心配した潤だが、お祭り騒ぎのような喧騒の中では取るに足らないハプニングだったのかもしれない。誰も潤と泰生を気にしている人間はいなかった。

色んな人間にもみくちゃにされながら、ショーは終わりの時を迎えた。

「――お帰りなさい」

泰生にこんな言葉を言う機会があるなんて、潤は不思議な気がした。泰生もそう思ったのか、戸惑ったように真顔になって、けれどすぐに唇を歪めるように意地悪っぽく笑った。

「そこは『お帰りのキス』で迎えるのがセオリーだろ」

「え、ぇ、え?」

目を白黒させる潤に泰生は腕を伸ばす。後頭部に回った手に引き寄せられ、気付いたときには潤は泰生にキスをされていた。

「っ…、ん……」

優しかったのは最初だけだ。すぐに激しいキスに変わる。まるで飢えていた人間が水を欲しがるような激しさで求められ、潤の息はたちまちのうちに上がってしまう。

「っは……ん、ん…っ」

顎を持ち上げるように添えられていた手が優しいしぐさで肌を撫でていく。まるで頬のまろみを愛おしむような動きだった。

「シャワーを浴びたのか?　いい匂いだ。おれと同じ石けんを使っているはずなのに、微妙に匂いが違うんだよな」

泰生の唇がうなじへと潜り込んできて、きつく肌を吸われた。着ていたシャツの中に滑り込んでくるような動きを見せた泰生の手を、潤は慌てて止める。

「待って、泰…っん、待って……だ…さいっ」

キスを続けようとする泰生の唇に潤は手を当てて押しやった。その手に、泰生はがじがじと歯を立ててくるが、それでもそのまま先へと進むような雰囲気は緩《ゆる》まってホッとする。

「話をさせて下さい——…」

潤が今いるのは泰生のマンションだ。

ショーの終了後に殺到したプレス関係者の対応に当たっていた泰生と違って、潤は早めに撤収することができたのだが、そんな潤に泰生が放り投げたのは自分のマンションの鍵だった。

『先に帰って待っていろ』

そんな言葉と共に。

玲香と少し話し合って、ついさっき潤は泰生の部屋に帰ってきた。

主がいない部屋に勝手に入るようなまねにはドキドキしたが、以前潤が訪問したときのままの部屋の風景に、いつしかホッと息をついていた。

ここはおれにとっていつの間にか安らげる空間になっていたんだ……。

それが何だかとても泣きたい気持ちを誘った。

自分はひとりぼっちだとか、帰る場所がないとか、昨夜は色々と考えてしまっただけに、自分にもそういう場所があったのだと胸が熱くなる。その場所を失わずにすんだことに今さらながら安堵《あんど》した。そしてひとりぼっちではないことは、もう今の潤は知っている。こうして抱きしめてくれる腕があることも。

「ったく、そんなにおれに怒られたいのか、おまえは」

泰生が諦めたように潤の肩に顎を載せる。

そうかもしれない。自分は怒られたいのかも。

泰生にもたれかかるように体重を預けると、ため息をつかれてしまった。

「んで、何話したい？」

聞かれて、潤は改めて謝罪を口にした。

「ごめんなさい。八束さんの撮影に参加したり、ファッションショーに出ることを勝手に承《しょう》諾《だく》したりして。そのことを結果、秘密にしていたことになって、本当にごめんなさい」

「わけがあるんだろ。この際だ、全部言ってみろ」

「それは、その…泰生とアツシくんのやり取りを見ていたら、何だか急に焦ってしまって——」

「嫉妬したか？」

聞かれて、潤は唇を引き絞る。けれど、ゆっくり頷いた。

「泰生にベタベタするアッシくんが嫌だった。泰生と対等に話ができるアッシくんが羨ましくて、妬《ねた》ましくて。だから、アッシくんよりもっと泰生に近付かなければと、強迫観念に駆られたみたいになったんです。近付いたら、泰生のために自分も何かできることがあるんじゃないかって」

「潤……」

「でも泰生のいる世界を覗くと、泰生がもっと遠くなった気がして。もう一人前に仕事をしているアッシくんのすごさとか、仕事のことは知らなくていいと言った泰生の本意とか、泰生とアッシくんが本当に仲がいいシーンとか目にしてもう心の中がグチャグチャになって――こんな…こんな自分を知られたら嫌われると思った。ご…めんなさい、こんな醜いおれでごめんなさい。でも嫌わないでっ。もうこんなふうに思わないよう頑張るから。絶対同じ失敗はしないから」

泰生が体を引く気配がしたから、潤はたまらず泰生の胸にしがみつく。必死に縋《すが》り付く潤に泰生は小さくため息をついて背中を叩いてくる。

「バカヤロ。そんなことを頑張るな。言えばいいんだよ、嫉妬してるって。触らせるなってな」

「でもっ」

潤は勢いよく泰生を振り仰いで、けれど次の言葉を言うのが怖くて、きゅうっと眉を寄せる。しらず涙が盛り上がってきた。

「こんな、真っ黒い感情、あるのを知られたくない……」

大きな涙がこぼれ落ちていくのを拭うこともできない。

見下ろす泰生の眼差しに、少しでもマイナスの因子がないかと探してしまう。見つけるのも怖いけれど、それを見逃してしまうのはもっと怖いと思った。

「――バカか」

喉に絡むような声だった。泰生がまるで痛いものを見つめるように潤を見下ろしてくる。

「おまえは、本当にバカだ」

頬をそっと包み、親指で流れる潤の涙を拭ってくれる泰生のしぐさはひどく優しかった。

「おれはもっと大バカだがな……」

苦笑する泰生は潤を胸の中に抱き込んだ。背中が反り返るほど強く抱きしめられる。

「嫉妬なんて誰でもすんだよ。おれだってする。今まで嫉妬なんて恋愛の小道具のひとつだって思っていたおれでさえ、今回は本気で嫉妬したんだ」

以前からも潤に近付く人間にはあまり面白くない気持ちにはなっていたが、とも。

泰生は今、どんな顔でしゃべっているのだろう。

「みっともねぇよな。このおれが嫉妬だぜ？　おれに黙っておまえを引っ張り回していた八束のヤロウを本気で八つ裂きにしてやろうって思った。八束に懐くおまえを見て、かっ攫《さら》って部屋に閉じ込めておこうかって、な」

潤の頭に泰生が顎を擦《こす》りつけてくる。

泰生の言っていることは冗談なのだろうか。

泰生がそんな物騒なことを考えるなんて。

「でも、そもそもおまえに八束の撮影のことを言わせなかったのは、おれだったからな。おまえの口から八束の名前が連発されることが我慢ならなかった。ま、あの時はおれも少し弱っていたから、特にコントロールできなかったってのもあるけど」

泰生が口にしているのは、八束の撮影のことを言おうとしたあの時だ。泰生の機嫌が悪いようで何となくタイミングを外して言えなかった日。

けれど潤は今の泰生の告白を聞いて、事情がわからなかったとはいえ、逆に無神経すぎる自分が恥ずかしくなった。

泰生にだって苦しいときはあるのだ。そんな時に自分はさらに泰生を追い立てるようなまねをしたのではないだろうか。仕事で煮つまっていた泰生に、仕事の話を聞かせてとせがんだりしたのだから。

「ファッションショーの件も、あんなスッパ抜きがなきゃ、おまえの口から聞けたんだろう。今思い出してもホントみっともね。おまえが竦み上がってんのに怒りを抑えられないなんて、ガキかよ、って後から情けなくなった」

泰生の告白に、潤は首を横に振った。

精神的に大人だと思っていた泰生もそんな生々しい感情を覚えたり感情をコントロールできないなんてことがあったりするのだと不思議な気がした。なんだ。自分と一緒だったんだ、と。以前、泰生が自分に甘えているように感じたことがあったけれど、それはもしかしたら事実で、そして今——同じように泰生は潤に心を預けてきているように感じた。それを今度は絶対見すごさない。

「泰生はみっともなくなんかないです。そんな泰生だからもっと好きになりました。泰生が好き。今までよりずっとずっと——」

「っ……。やっぱ手放せねぇなぁ、おまえ。本気の恋愛に弱っていくおれに比べておまえはどんどん強くなっている気がするぜ」

感慨深げな響きだった。

「それに仕事のことを知らなくていいとおまえに言ったのは、おまえとの間に仕事のことなんて必要ねぇからだ。業界の人間じゃないおまえと付き合って、プライベートが仕事にまみれないというのは案外癒《いや》しだって気付いた。いや、結局それもおまえだからか」

「泰生……」

「何だよ、おれっておまえに夢中じゃね？」

泰生が潤を抱きしめたまま、あやすように揺らしてくる。ひとしきり左右に揺さぶっていた泰生は、気が済んだとばかりにため息をついてまたぽつりと言葉をこぼした。

「でも、それでおまえを不安にさせるとは思わなかった。謝る。アツシのことも――」

潤ははっと体を揺らす。

「昨夜、おまえがおれのところに助けを求めに来たのに気付けなくて悪い。アツシがおまえのサングラスを持っていたのを見てゾッとした。おまえはきっと必死な思いでおれのところに来たはずなのに、アツシがいるのを見てどんな気持ちになったのかって気が気じゃなかった。おまえが今頃どっかで泣いてるんじゃねぇかってずいぶん探し回ったけれど、だからこそ、今朝八束と一緒に現れたおまえを見て怒りが爆発したっていうか」

そうか。あの時、泰生が真っ青に顔色を変えたのはそのせいだったんだ。心配させたんだ。

そして、本気で泰生も嫉妬した――？

絡まっていた糸がゆっくり解けていくのを感じた。泰生との間にあったわだかまりも、見えない障壁も、何もかもが消えていくようだ。

代わりに、愛おしさが募る。

泰生も同じことを思ってくれているように潤の髪を撫でてくれた。髪の中へ指を潜らせ、何度も愛しげに梳《す》いてくれる。

「おまえの真っ直ぐなところにはいつも救われる。純粋で、一途で、とことん真面目で」

それが心地よくて潤が目を閉じていると、泰生がしみじみと呟いた。

「でも今回ばっかりは驚かされたな。人の注目を浴びるのをあんなに嫌がっていたおまえが、しかも直前にあんなに出るなと怒ったのに、逆におれのためにショーに出ると決意するだなんて。んな決意をおれが直接おまえの口から聞けなかったのはかなり悔しいけど、でも、直で聞いてたらその場で押し倒していたかもしれないから、ま、いっか」

笑い交じりに話す泰生に困惑して、潤は抱えられている胸の中で首を傾《かし》げる。

「おまえに惚れ直したって言ってんだよ」

派手なキスの音と共に、頭の先にキスをされる感触があった。

惚れ直したといえば、潤の方こそ泰生を改めて好きになった気がする。好きの度合いがさらに増した感じだ。

仕事に対する厳しさを身をもって体験したり、自分の力で困難を乗り越えていくのを目前で見たり——さまざまな機会に遭遇《そうぐう》したが、潤の知らなかった泰生の顔や生の感情に触れられてその度に潤はゾクゾクした。

泰生がランウェイを歩く姿を見たときなどあまりに迫力がありすぎて、同じ舞台に立っていた自分の状況も危うく忘れるほどだった。

そんなことを潤が考えていると、「でもな」と泰生が口調を変えて話しかけてくる。

「これだけは言っておく」

腕が緩んだから体を起こすと、泰生は不遜《ふそん》な顔つきで潤を見下ろしていた。

「他のヤツと親しくするなとは言わない。けれど、それをおれに隠すな。自分でも知らなかったが、おれの独占欲はけっこう強いぜ？　自覚したからには、束縛するからな。嫌がられたって今さら逃がしてなんかやれない。だから他のヤツに懐くときは覚悟して懐け」

まるで恫喝《どうかつ》かと見まがうような発言だ。温度が低すぎて逆に火傷《やけど》してしまいそうな物騒な眼差しは、しかし腹をくくったような泰生の覚悟が透けて見える気がする。

「不満か？　こんなおれは怖いか？」

気圧されたようにものも言えない潤に、泰生は薄く笑った。酷薄《こくはく》にさえ見える微笑みだが、それがゾクゾクするほどかっこいい。

おれがルールだ。何か文句あるのか――。

そう言われている気がした。

ごくりと潤は唾を飲む。

どうしよう。胸がドキドキする。泰生にこんなに激しい独占欲を見せられて嬉しいなんて、自分は少しおかしいのだろうか。

紅潮した顔で潤は泰生を見上げる。

「おら、何か言え」

あまりにも潤の反応がないせいか、泰生が気の抜けたように、それでいて少し気まずそうに唇を歪めた。

「好き。泰生が好き——…」

だから、慌てて口を開いた。言ったあとにあまりにも色んなことを省略しすぎた気がしたけれど、要約すればそれがすべてだからと潤はもう言葉を言い添えなかった。心の奥にある色んな思いが伝わればいいと、目に力を込めて泰生を見つめながら。

「っち、タチが悪ぃ」

さっと目元を赤くして、泰生が顔を逸らした。怒ったように何度も舌打ちをしたり唸《うな》ったりしていたけれど、最後に諦めたようにため息をついた。

「そうだった。おまえは天然目小悪魔科だったな」

と。

「いや、エロエロ属だったか」

泰生がにやりと笑って、さらに付け加える。

いつもの泰生の雰囲気が戻ってきてホッとするけれど、少し残念な気もした。

「だからおれはそんな珍妙な動物じゃありませんって」

と返したものの。

「ふーん。じゃ、おれさまが今からじっくり調べてやろう」

なんて泰生は嬉々《きき》として、潤をベッドルームへと攫っていくのだった。


「た、泰生っ。待って、まだ話があるんです」

「うるせ。あとで全部聞いてやるから今は黙って抱かせろ」

さっきシャワーを浴びて着た服をまた剝《む》かれて裸にされたのはあっという間だった。泰生もさっさと服を脱いで、ベッドの上に座り込む潤に覆い被さってくる。

肌と肌が触れ合う何ともいえない安堵感に潤はとうとう口をつぐんだ。体をもたせかけてくる泰生のずっしりとした重みが愛おしくて、それを支えるようにベッドに後ろ手をついた。

「っ……ん……」

無防備になった潤の唇に、泰生が笑った形のまま、唇を押し当ててきた。音を立てるようなバードキスを繰り返し、吐息を食《は》むように深く口付ける。下唇を甘く噛み、そうかと思えば唇を触れ合わせたまま左右に擦られた。

「う……っん、ん……ぁ、っふ」

愛おしさを、独占欲を、欲情を、伝えるようなキスだった。泰生の思いが真っ直ぐ伝わってくるそれに、潤の意識は陶然《とうぜん》となっていく。

そうしてキスが激しくなるほどに、泰生が体重を乗せてくる気がする。必死に支えていた潤だけれど、その支える腕を泰生が優しく取り上げてしまったから、潤は背中からベッドに倒れ込んでしまった。が、泰生のキスはそれでもやまない。

「っは……ぅんっ…っ……ん」

本格的に唇の中へと侵入してきた舌に口内をまさぐられ、甘く蹂躙《じゅうりん》されてしまう。顔の角度を何度も変えながら深くキスをされると、全身から力が抜けていく。代わりに、体の奥からふつふつと情欲の炎が生まれた。

まず、腰の奥が蝕《むしば》まれた。潤の制御下を離れて欲望がゆっくりと頭をもたげ始める。ひたひたと舐《な》めるように炎が体中を巡っていくごとに、潤の肌はあわ立っていくようだった。

それを宥《なだ》めようとしてくれているのか、それとも煽《あお》ろうとしているのか。泰生の手が潤の肌を逆撫でしていく。ひどくゆっくりとした手の動きは、妖《あや》しく潤の震えを引き出していった。

「ん…ぁ……っふ」

胸の中心に泰生の指が触れたとき、熱い痺れが脳天まで駆け上がった。

そこはもう硬くしこっていて、爪の先で抉《えぐ》られ、掻くようなしぐさをされると、潤は腰を捻らずにはいられなくなる。指の腹を使って捏《こ》ねられると、腰が何度も跳ねた。

「っん、ゃ…っやっ……ん」

キスのせいで呼吸がままならず、さらには快感がすぎてひどく苦しかった。

泰生のキスから逃れるように潤は首を振ったけれど、唇が離れたのは一瞬。すぐに追いかけてきた泰生にまた囚《とら》われてしまう。

潤の息すらも奪うような激しい口づけに、瞼《まぶた》の裏にチカチカと星が飛ぶ幻を見た気がした。

「っん、ゃ…ゃ…ぁ……っ」

涙目で泰生の背中を弱々しく叩くと、ようやく喉で笑うような声と共に唇が離れた。

「っは、はぁ…ぁ…」

「軟弱だな。まだまだおれは足りねぇぞ?」

少し怖いことを言う唇は、今度は狙いを定めたように胸の尖りに落ちてくる。

「っひ……っ、ぁっ、ぁんんっ」

舌先で転がすように弄《もてあそ》ばれ、唇の先でつままれて引っ張られた。きつく吸われると恥ずかしいぐらいに腰が揺れる。

「ゃ、ぁ、いゃっ……きつ…っぃ、ぃや」

弱い胸の尖りを集中的に攻撃する泰生の唇に、潤は何度も首を振った。ここを責められると潤はすぐに昂ってしまうのだ。

キスはやんだのに呼吸が少しも楽にならないのが証拠だった。泰生の口に含まれてちゅくちゅく音を立てている胸を大きく喘《あえ》がせる潤は、必死に泰生の肩を押しやろうとする。

「……んだよ、困ったヤツだな」

仕方なさそうに潤の手に押される形で体を起こした泰生だけれど、その声はひどく楽しげだった。潤の背中に枕を差し入れて上体を起こさせると、腿《もも》の辺りに座って潤の手を取る。

「え……、泰…生？」

手首の白い肌を晒《さら》すと、そこに口づけの雨を降らせてきた。痩せた手首の外側に浮かぶ丸い骨に吸いつき、ざらりと舐め上げるのだ。

こんな場所が感じるとは思わなかった。けれど、思った以上に皮ふが薄く、泰生の熱がダイレクトに響いてくる。

何より視覚が官能を刺激しておかしくなってしまう。

「ぁ…ぃや……っん、ん」

「何でもかんでも嫌々言うな」

甘く叱るように言ったかと思うと、見せつけるように持ち上げた潤の手首に歯を立てた。

「っん」

歯形の痕《あと》を舌で舐め上げ、そのままゆっくり手の甲へと移動していく。

「ぁ、っぁ、泰生っ」

ふるふると首を横に振る潤に、泰生の唇が大きくめくれ上がった。

「っんん――…」

大きく口を開いて泰生が咥《くわ》えたのは真ん中の指だった。

まるでそれが潤の熱棒だというように愛しげに舌を這わせ、ねっとりと舌を絡めてくる。指と指の間を舌先で擽《くすぐ》られると、もどかしいような疼《うず》きが背筋を駆け上がった。

「ゃ、ゃっ……ん――…ぅ」

潤の屹立《きつりつ》が泰生の目前でしどけなく揺れる。それを泰生が遊ぶように指で弾いた。涙をこぼし始めた潤の欲望におざなり程度にしか触れてくれない泰生に、潤は何度も吐息を震わせた。

「許…して……ぃ…ゃ…っだ…っぁ、あ」

「ん…今度は何が嫌なんだ？」

未だ口に指を含んだまま、ちらりと上目遣いに見上げてくる泰生の眼差しは笑っていた。

「だって…こん…なっ…んんっ、ぁ、あっ」

「感じるからか？　それとも焦《じ》れったいから？」

どっちも、だ。

けれどそれを言えない。

じわりと、しかし確実に押し寄せてくる快感の波に潤の眉間《みけん》は険しくなった。さっきまでの圧倒するような快楽が尾を引いているせいもある。

「ぁ、っぁ、ゃあっ」

さっきは早く終わってしまうのがあれほど嫌だったのに、今は早く終わらせて欲しいと願う。

「仕方ないな。んじゃ、甘やかしてやるか」

泰生がそう呟いたと思ったら、体をずらして潤の欲望に頭を落としていく。あっと思ったときには、屹立を咥えられていた。

「ぁああ――――…っ」

きつく背中をしならせ、足がシーツを蹴る。

「っひ、っ…っ、だめ…だっ……め…ぇ、っ……」

泰生の火傷しそうなほど熱い口腔《こうこう》で擦られ、淫《みだ》らに舌を絡められて、潤は高い悲鳴を立て続けに上げた。下肢で動く泰生の頭が生々しくて泣きそうになる。

屹立からこぼれ落ちる雫のせいか、それとも泰生の口淫《こういん》の仕方のせいか。恥ずかしいほどの水音が潤を居たたまれなくさせる。が、そんな思いも一瞬のこと。すぐに快楽の淵へと蹴落とされて何も考えられなくなった。

熱い粘膜《ねんまく》に包まれて翻弄《ほんろう》される自らの欲望が悲鳴を上げたとき。

「ぁ、も…っ……、っ――――…っ」

潤は、声も上げられなかった。

「っ……。信じらんね、顔射かよ」

タイミング的に最悪だったのだろう。泰生の顔が自分の精で汚れているのを見て、潤は真っ青になる。

「ご、ごめん…なさい」

慌てて散らばっていた服を掴んで泰生の顔を拭った。恥ずかしさと申し訳なさについつい擦る手が強くなる。

「ちょっと待て。痛ぇって。ごしごし擦るな。っ…わかったって。もういい、やめろ」

泰生が潤の擦る手を掴んできた。見ると、泰生の頬が少し赤くなっている。

「ったく、顔射くらいで怒ったりしねって。んな顔をするな」

消え入りたいような思いでいっぱいの潤に、泰生は苦笑してくれた。汗で濡れた前髪を横へと梳いてくれる指も優しくて、ようやく潤はホッとする。

愁眉《しゅうび》を開いた潤は、泰生の唇の端に拭き残していたらしい精の飛沫を見つけて手を伸ばした。拭い取った指を、しかし、泰生が摑んで自らの口に含んだから驚く。

「っあ」

「――まっず」

盛大に顔をしかめて笑う泰生に、潤はつい泣き笑いのような表情になった。

泰生はいつもこんなだ。

潤をとことんからかうくせに、最後にはこうして救ってくれるのだから。

ベッド脇のローションへと手を伸ばす泰生を眺めながら、こんな時なのに胸の中が温かくなる気がした。

「んな純な顔で笑うな、萎《な》えるだろ」

泰生には唇を歪められてしまったけれど。

「っ……ん」

たっぷりのローションで濡らした指に足の奥を探られて、潤はびくりと体を竦ませた。窄《すぼ》まりをまさぐられると思わず息をつめてしまう。

それでも、泰生の執拗《しつよう》な愛撫《あいぶ》に固い蕾が解けていくのにそう時間はかからなかった。

「っく、ん……ん…っ…は」

柔らかな粘膜をまさぐってくる泰生の指は、一本、二本と増えていくが、潤のそこは従順に飲み込んでいく。感じやすい前立腺《ぜんりつせん》を弄られてしまっては、もう潤の体はなされるがまま、高い悲鳴を上げ続けるしかない。

さっき精を吐き出したばかりの潤の欲望は、また硬く持ち上がっていた。

「っ……、っは…ぁ…」

泰生の熱い切っ先が触れたとき、潤の顔は涙でぐしゃぐしゃになっていた。

「今日は少し辛いかもしれねぇぜ？　いたぶってやりたい気分だから」

そんな恐ろしい言葉と共に、泰生の猛りきった欲望が潜り込んでくる。

「や…ぅ――――…っ」

狭い入り口を押し広げ、奥へと這いずっていく泰生の熱塊は、触れたところから潤を溶かしていくようだった。

熱い凶器に、甘い蹂躙に、潤は唇を震わせる。

「っ…食いちぎりそうな締め付けだな、おい」

泰生の苦しげな声に、潤はきつくひそめていた眉をほんの少し緩める。

瞼を上げると、泰生が荒い息をついていた。眉根を寄せ、唇をきつく引き絞る泰生の表情は壮絶に色っぽい。

潤の膝を抱えた泰生と目が合うと、にやりと片方の唇だけを引き上げるように笑った。

「ずいぶん余裕じゃねぇか。じゃ、遠慮はいらねぇな?」

楽しげに言われて、ゆっくり泰生が動き始める。

「ぁっ、はっ、ん…んっ、ぁあ…ぁうっ」

擦り上げるように貫かれ、潤は大きく体をしならせた。浅い部分を抜き差しされ、ガクガクと腰を揺らす。

泰生の大きな体に、力強い動きに、潤は面白いように翻弄された。

膝裏を摑む泰生の指に力が入っていて少し痛い。その膝を、泰生はさらに自分へと引き付け、結合を深くする。押し入ってくる猛りに潤はたまらず逃げをうった。

「やぅっ……ぁ、ぁ、だ…めっ、ゃ…ぁっ」

けれど遠慮しないとの言葉通り、泰生はそんな潤を許さなかった。膝を持ち上げ、潤に乗り上げるように腰を打ち付けてくるのだ。

背中で枕が押しつぶされていくのを感じる。

容赦なく抉ってくる太い屹立に、自分の内部が熱く湿り、蠕動《ぜんどう》を始めるような錯覚を受けた。泰生をもっと深く飲み込もうと見知らぬ自分が動いている気がする。

気付けば、泰生を受け入れるように自ら膝を開いていた。

「っは、おっまえ……くそっ」

それに、泰生は目を見張る。しかしすぐにその眼差しに凶暴な光が宿った。

「いい度胸だな。一回や二回で終われると思うな…よっ」

泰生の律動が激しくなる。それに併せて自分もいつしか腰をくねらせていた。

おかしくなる。

泰生におかしくされる。

それが怖い。けれど同じくらい興奮してたまらなくなった。

「ぁぅっ……は、はっ…ぁ、あ、ぁっ」

鋭い突き上げに脳天まで痺れが走り、重い穿ちに腰が跳ねた。奥まったところで腰を捻られると、わななく唇がわけもなく悲鳴を上げてしまう。

もうだめだと懇願《こんがん》する潤に、泰生がふっと息を吐くのが聞こえた。その言葉を待っていたように思えた。

「おら、今度は一緒だからな」

「う、っ…っ――――…」

揺すぶられて、押し開かれて、その時――潤は自分の喉が擦れた音を上げたのを聞いた。


泰生と再びまともに話せたのは、翌日の朝だ。しかも、お昼に近い時間だった。ブランチといってもいい朝食をとりに行った、近くのカフェでのことだ。

「おまえにホテル住まいなんてさせるわけねぇだろ。おまえはおれの部屋に来るんだよ。玲香にも話つけといたから」

そば粉のガレットをナイフとフォークで器用にひと口大に巻きながら泰生が口にしたのは、とんでもない内容だった。

「あの、でも昨日、姉さんはそんなことは言ってなかったけど」

「んじゃ、玲香に聞いてみな」

まさかと思いながら、壊れた携帯電話の代わりに姉にもらった新しいそれを摑んで潤は確認を取ってみた。

実は――昨日玲香と話したとき、潤はもう屋敷には帰らない方がいいということで、時期尚早ではあるが都内での一人暮らしを始めることを薦められた。ありがたいことに手続きは玲香がしてくれるということで、何と今後の潤の保護者役も玲香が買って出てくれたのだ。一人暮らしの準備が整うまで、潤はしばらくホテル暮らしになるだろうと言われていたのに。

しかし改めて連絡を入れてみると、珍しく玲香から愚痴《ぐち》を聞かされてしまった。潤のホテル住まい改め泰生のマンションでの同居を、昨夜泰生にむりやり押し切られてしまったのだ、と。

「――だろ？」

呆然と通話を終わらせた潤に、目の前の恋人はにっと笑ってみせた。

泰生としばらく一緒に暮らすなんて……。

「何だ、もう食わねぇの？　んじゃ手伝ってやる」

けれど、泰生が勝手気ままに潤の皿に残るガレットへとフォークを伸ばすのを見て、いつしか潤の口元は緩んでいた。

こんな泰生なのだ。あれこれ考えるより、とっとと覚悟を決めた方が話は簡単かもしれない。世界中を飛び回って忙しい泰生のこと。一緒に過ごすなんて機会が今度はいつあるかわからないのだから、楽しむべきだ、とも。

「顔がにやついてるぜ。何、これからの新婚生活のことでも考えてんの？」

そんな気持ちを切り替えた潤に、泰生は意地悪そうに目を細めて切り込んできた。

さらにからかうためにか口を開けた泰生だが、そのタイミングでテーブルに置いてあった泰生の携帯電話が鳴り出し、むっとしたように電話を睨む。しかも、フリップを開いてさらに顔をしかめた。

「何だよ？」

潤に断りを入れて、泰生が不機嫌そうな声で電話に出た。

最近少しわかるようになったが、泰生のその低い声はわざと作ったようなもので、本当はそれほど不機嫌ではないらしい。

相手は誰かと少し気になったものの、今の潤は幸せで満たされているせいか、嫉妬を覚えるほどではなかった。それに、どうやら仕事相手らしいとわかって、潤の心はさらに落ち着く。

昨日あったファッションショーについて話をしている泰生に、潤もつられて思考が飛ぶ。

昨日のショーに関して、泰生の、潤への評価はなかなか厳しいものだった。

『後半は持ち直したけど、前半のあの危なっかしい歩き方は何だよ。おまえ、もう絶対ショーなんかに出るなよ？　カメラの前にも立つな』

と。

あの場では観客が盛り上がっていたせいで何とかやり遂げた感があったけれど、プロの目から見たらやはりダメダメだったらしい。

もちろん今後はそんな機会もないだろうから、泰生の睨みもきかせたその言葉には素直に頷いた。それに、泰生が潤のショー出演を最初あれほど怒ったのは、先日屋敷まで押しかけてきたライターのような人間たちを危ぶんでのことだと告げられたせいもあった。泰生や、同じ仕事をしている玲香のようにそんな厄介《やっかい》な人間をあしらえないだろうと言われると、確かにと納得する潤だ。

何より潤にはやりたいことができたから、今後はファッション業界に首を突っ込む暇もないだろう。

潤のやりたいこと――それは、外国語修得だ。

昨日、目の前で泰生が色んな言葉を駆使してあっという間に苦況を脱したシーンがとても印象に残っていた。そして、英語だけではあるが泰生のやり取りが聞き取れたことがとても嬉しかった。

以前から少し興味があった分野だけに、潤の心が決まるのも早かった。祖父母には反対された進路だが、自分の道を他の人間に決められるのは嫌だと今の自分だったら言える気がする。

泰生が世界で活躍しているように、自分も世界というものをこの目で見てみたい――。

それが本音なのだけど。

「――ここがどこかって？　言うわけねぇだろ。来るなって言ってんだよ」

ふと気付くと、泰生が本気で嫌そうに電話口にわめいていた。

何事かと見つめたとき。

「見～つけた。やっぱりここか」

背後から聞こえた飄々《ひょうひょう》とした声に、潤はどきりとした。

「泰生がここのガレットがお気に入りだったのを思い出してよかったよ。しかも昨日の今日だから、絶対潤くんも一緒だと思ったんだ」

携帯電話を耳から離して笑いかけてくるのは八束だ。今日も涼しげな色目のシャツとカーゴパンツを身に纏い、断りもなく潤の隣の椅子を引くと腰を下ろした。

向かいの席では泰生がむっとしたように眉をひそめている。今の今まで通話していたはずの携帯電話を八束と同じくテーブルに置いた。

もしかして泰生が今話していた相手は八束だったのか。

「だから来るなって言っただろ。何勝手に座ってんだよ」

「あぁ、泰生の用はもう済んだから気にしないで。潤くん、おはよう。昨夜は眠れた？」

泰生が睨むのを気にもかけずに頬杖をついて潤の顔を覗き込んでくる薄い色の瞳に、潤はついどぎまぎする。

「おは…ようございます」

「あれ、何だか目が腫《は》れぼったいね。泰生がムリをさせたのかな。泰生はあれでいて絶倫らしいからね。彼のペースで付き合わされたら、潤くんの細い腰なんて壊れてしまうよね。かわいそうに」

八束のとんでもない発言に潤はぎょっと身を引いた。耳まで熱くなる潤だが、前に座る恋人は苦虫を噛み潰したような顔をしている。

「何の用だよ。もうショーも終わったし、潤に関わる必要なんかねぇだろ」

「それがあるんだよね。何たって、潤くんは僕のミューズなんだから」

モデル並みのきれいな顔に浮かぶ笑顔に、潤はしばし見蕩れた。が、言われた内容には首を傾げずにはいられない。

「ミューズって」

「文字通り、女神だよ。君は僕にとって、なくてはならない存在なんだ。君がランウェイを歩いている姿を見て体が震えたよ。もっともっと新しい服を着せて歩かせたいって。皆、絶賛だったんだよ？　あの雰囲気ある美少年は誰だって、事務所には電話が殺到してね。あのガレスアメリカの編集長、ルカ・ワイドケラーからもひと言、言葉をもらったくらいなんだから」

泰生が言っていた評価と微妙に違うような気がするけれど、世界で活躍するプロと、マスコミや一般の目はまた違うのだろう。

昨日も話題の的だった――泰生が上海から呼んだ世界的にも評価の高いファッション雑誌の編集長。彼は何と、泰生がステージで睨みつけろと言っていた派手なシャツを着ていた男だったのだと知らされたのは、つい先ほどの話だ。連絡もなしに突然日本にやってきたその編集長に京都案内させられたことを、泰生が相当恨んでいるらしい様子に潤は少しだけ笑ったのだけれど。

「潤はもうやらねぇよ。つか、おれがやらせねぇ」

「そう言うと思った。潤くん、こんな横暴な恋人なんかさっさと別れた方がよくない？　もっと理解がある大人の男なんてどうかな？　例えば、目の前の僕とかさ」

「え、ぇ、えっ」

色気たっぷりに流し目を寄越され、潤は顔を真っ赤にする。

「ざけんなよ？」

そんな八束の顔に泰生の手が当てられ、潤から距離を取るように押し退《の》けた。

「おれの目の前でなに口説いてんだよ。潤はおれのものなんだよ。かっ攫われるようなまねは二度と許さないから諦めろ。潤もおまえには見向きもしねぇよ。おれひと筋だからな」

泰生の確認を取るような眼差しが寄越され、潤も慌てて頷いた。八束は肩を竦めている。が、すぐに気を取り直したようにテーブルに置いていた潤の携帯電話に目を光らせた。

「あ、それ、潤くんの新しい携帯電話かな？　番号は変わったんだよね？　教えてくれるかな」

「誰が教えるか。潤、もう食ったか？　部屋に戻るぞ」

不機嫌そうに鼻の上にしわを寄せた泰生が潤の腕を摑んで立ち上がらせる。そしてさっさと歩き出した泰生に潤は戸惑い、一度だけ元のテーブルを振り返った。八束は、潤が振り返るのを知っていたみたいににっこり笑って手を振ってくる。

『またね』

八束の唇がそう動いたのを見て潤は目を見張った。

「他の男をそんな目で見んじゃねぇ」

泰生には叱られてしまったけれど。

「――まずいヤツに目をつけられたよな。ゲーム感覚でおれの付き合っていた相手に声をかけてくることはあったけど、どうも今回は違うらしいから厄介だ。おまえ、誰彼問わずたらし込むのはやめろよな」

参ったように泰生に呟かれ、潤はそんなことはしていないと首を振る。

「潤はおれのだと見せつけるために、ここで派手なキスでもやらかしてみるか？」

本気の色が浮かぶ目で見下ろされ、潤は慌てて逃げ出すのだった。

END

あとがき

こんにちは。初めまして。青野ちなつです。

この度は『華麗な恋愛革命』を手にとっていただきましてありがとうございます。

この本は今年六月に発売された『不遜な恋愛革命』の続編となっております。本編だけでも読めるように書いたつもりですが、よろしければ前作もお手にとっていただけると嬉しいです。

初めての「二巻」なので、続きが書けると嬉しい反面、続きの話なんて書けるのかと少し不安な面もありました。けれど実際書き始めると、泰生は勝手に動き始め、潤はそんな泰生をやはり振り回し、さらには新キャラは暴走する始末。そういう意味では少し話をまとめるのに苦労しましたが、今回も楽しい執筆となりました。

さて、内容についてですが。

やはり二冊目なので、泰生にも潤にも何かしらステップアップさせられる話にできたらと思ったのですが、終わってみれば終始イチャイチャしているだけのような気も……。いえ、それでも潤は今回頑張っていると思います。泰生は攻なので頑張って当然なのですが（笑）

もちろん、このお話はベタな展開が標準装備なので、二巻も相変わらずのベタ甘展開です。

もうこんなベタな話は二度と書けないと思い、本編はもとより番外編まで初心を貫きました。どころか、話をひとつ書き上げるごとにベタ度が上がっていった感じさえあります。

今は清々しささえ感じますが、そんなこんなの製作中の楽しさが少しでも皆さんに伝わるといいなと思います。

ファッション業界の話はこのシリーズが初めてですが、言葉が難しかったり、キラキラしていたりと、また特殊な世界ですね。憧れもあって今回はその世界を中心に話を書いたのですが、詳しい方々からしてみれば色々と言いたいことがあるかもしれません。どうか、お目こぼしを願えればと思っております。

ありがたいことに、今回の話のすぐ後になるショートストーリーを書かせてもらいました。二〇一〇年十月十四日発売の小説b－Boy十一月号に掲載となるそれは、泰生のバースデイイベント。そこでも潤は頑張っていますので、ぜひ覗いてやって下さい。

また、B－PRINCE文庫の「秋のフェア」や他にも寄稿させてもらっています。手に入れるのが難しいものもありますが、機会がありましたらチェックいただけると幸いです。

イラストは一巻に引き続き香坂あきほ先生です。

前巻カバーの透明感のある二人に胸を打ち抜かれ、しばし言葉が出なかったなんてこともありましたが、今回のイラストもまたため息の嵐でした。中でも私のお気に入りは口絵の二人です。幸せな恋人同士のワンシーンに、自分まで幸せな気持ちになりました。お忙しいなかステキなイラストを手がけていただきまして本当にありがとうございます。

さて、相変わらずうまい題名が付けられないのが私の悩みです。今回も最終的には担当女史に決めていただきました。私が出した候補はどうも的外れなものばかりだったらしく、担当女史を相当悩ませてしまったみたいです。出した候補とはまったく違う題名案をとても言いにくそうに上げられたお電話が忘れられません。次回作はせめて的に擦るぐらいまでには精度を高めるつもりです。

これに懲りずにまたどうぞよろしくお願いします。今回もお世話になりました！

最後になりましたが、ここまでお付き合い下さった読者の方、編集部の皆さま、そしてこの本に携わったすべての方々に厚く御礼申し上げます。

また皆さまにお会いできることを心より祈っております。

二〇一〇年八月　青野ちなつ

B♥PRINCE

おそれいりますが
切手を貼って
お出しください

郵便はがき

1 6 0 8 3 2 6

東京都新宿区西新宿4-34-7
株式会社アスキー・メディアワークス
「B-PRINCE文庫」係行

〒	―	ここには何も書かないでください→
住所	都道府県	
		TEL （ ）
氏名	ふりがな	男・女 / 年齢 歳
職業	※以下の中で当てはまる番号を○で囲んでください。 ①小学生 ②中学生 ③高校生 ④短大生 ⑤大学生 ⑥専門学校生 ⑦会社員 ⑧公務員 ⑨主婦 ⑩フリーアルバイター ⑪無職 ⑫その他（ ）	
お買い上げ書店名	市・区・町	店
電子メールアドレス		

※ご記載いただいたお客様の個人情報は、当社の商品やサービス等のご案内などに利用させていただく場合がございます。また、個人情報を識別できない形で統計処理した上で、当社の商品企画やサービス向上に役立てるほか、第三者に提供することがあります。

B-PRINCE文庫 愛読者カード

※当てはまるものを○で囲み、カッコ内は具体的にご記入ください

●この本のタイトル（　　　　　　　　　　　　　　　　　　　　　　　　　　　）

●この本を何でお知りになりましたか？

①書店　②B-PRINCE 文庫 NEWS（文庫はさみこみチラシ）

③オフィシャル HP　④他のサイト（サイト名　　　　　　　　　　　　　　　　　）

⑤小説 b-Boy　⑥b-boy WEB　⑦その他の雑誌を見て（雑誌名　　　　　　　　　）

⑧人にすすめられて　⑨その他（　　　　　　　　　　　　　　　　　　　　　　）

●この本をご購入された理由は何ですか？

①小説家のファンだから　②イラストレーターのファンだから

③カバーに惹かれて　④オビのあおりを見て　⑤あらすじを読んで

⑥その他（　　　　　　　　　　　　　　　　　　　　　　　　　　　　　　　）

●この本の評価をお聞かせください。

①とても良い　②良い　③普通　④悪い（理由　　　　　　　　　　　　　　　　）

●カバーデザイン・装丁についていかがですか？

①とても良い　②良い　③普通　④悪い（理由　　　　　　　　　　　　　　　　）

●この本の価格についてどう思いますか？

①高い　②やや高い　③普通　④安い　⑤価格を気にしない

●好きなジャンルを教えてください（複数回答可）

学園／サラリーマン／血縁関係／オヤジ／ショタ／ファンタジー／年の差／鬼畜系／

アラブもの／エロ／貴族もの／ヤクザ／職業もの（職業：　　　　　　　）／

その他（　　　　　　　　　　　　　　　　　　　　　　　　　　　　　　　　）

●好きな小説家とイラストレーターを教えてください（複数回答可）

小説家（　　　　　　　　　　　　　　　　　　　　　　　　　　　　　　　　）

イラストレーター（　　　　　　　　　　　　　　　　　　　　　　　　　　　）

●あなたがよく買うボーイズラブ雑誌・レーベルを教えてください（複数回答可）

誌名（　　　　　　　　　　　　　　　　　　　　　　　　　　　　　　　　　）

レーベル名（　　　　　　　　　　　　　　　　　　　　　　　　　　　　　　）

●電子書籍でボーイズラブ小説を読みますか？

①よく読む　②たまに読む　③あまり読まない　④読んだことがない

※①②と答えた方は、サイト名を教えてください（　　　　　　　　　　　　　　）

●この本に対するご意見・ご感想を自由にお書きください

（　　　　　　　　　　　　　　　　　　　　　　　　　　　　　　　　　　）

ご協力ありがとうございました。

初出一覧

華麗な恋愛革命　/書き下ろし

B-PRINCE文庫をお買い上げいただきありがとうございます。
先生へのファンレターはこちらにお送りください。
〒162-0825　東京都新宿区神楽坂6-46　ローベル神楽坂ビル4階
リブレ出版（株）内　編集部

B♥PRINCE
http://b-prince.com

華麗《かれい》な恋愛《れんあい》革命《かくめい》

発行　2010年10月7日　初版発行

著者　青野ちなつ

発行者　髙野 潔

出版企画・編集　リブレ出版株式会社

発行所　株式会社アスキー・メディアワークス
〒160-8326　東京都新宿区西新宿4-34-7
☎03-6866-7323（編集）

発売元　株式会社角川グループパブリッシング
〒102-8177　東京都千代田区富士見2-13-3
☎03-3238-8605（営業）

印刷·製本　旭印刷株式会社

Printed in Japan
ISBN978-4-04-868965-6 C0193